Alfred Wallon

Kommando Zero

Band 2: Mission Ukraine

EK-2 Militär

Kommando Zero 2

Mission: Ukraine

Ihre Zufriedenheit ist unser Ziel!

Liebe Leser, liebe Leserinnen,

zunächst möchten wir uns herzlich bei Ihnen dafür bedanken, dass Sie dieses Buch erworben haben. Wir sind ein Familienunternehmen aus Duisburg und jeder einzelne unserer Leser liegt uns am Herzen!

Mit unserem Verlag *EK-2 Publishing* möchten wir militärgeschichtliche und historische Themen sichtbarer machen und Leserinnen und Leser begeistern.

Vor allem aber möchten wir, dass jedes unserer Bücher **Ihnen ein einzigartiges und erfreuliches Leseerlebnis** bietet. Haben Sie Anmerkungen oder Kritik? Lassen Sie uns gerne wissen, was Ihnen besonders gefallen hat oder wo Sie sich Verbesserungen wünschen. Welche Bücher würden Sie gerne in unserem Katalog entdecken? Ihre Rückmeldung ist wertvoll für uns und unsere Autoren.

Schreiben Sie uns: info@ek2-publishing.com

Nun wünschen wir Ihnen ein angenehmes Leseerlebnis!

Ihr Team von EK-2 Publishing

Hintergrundinfo zum vorliegenden Roman

Die Welt beginnt sich zu verändern. Aus ehemaligen Verbündeten sind Feinde geworden, und die einstigen gemeinsamen politischen Interessen sind nicht mehr die gleichen. Daraus entstehen Krisenherde in einigen Ländern, die zu Unruhen auch in den angrenzenden Staaten führen. Nicht immer gelingt es den jeweiligen Regierungen, diese Konflikte friedlich oder diplomatisch zu lösen. Sehr oft bleibt nur noch eine gewaltsame Lösung, die dann zu weiteren Eskalationen führt. Um einen Flächenbrand zu verhindern, werden Spezialeinheiten eingesetzt, um mit einem raschen und gezielten Angriff diese Feinde auszuschalten und wieder für Ruhe zu sorgen.

Viele Staaten oder Regierungen wissen zwar davon, dass solche Einheiten existieren, aber man scheut sich davor, diese offen zu unterstützen oder ihnen zu befehlen, eine Operation durchzuführen. Dies geschieht meistens verdeckt, und niemand weiß, welche Regierung oder sonstige Gruppierungen solch einen Auftrag initiieren. Es zählt nur das Ergebnis am Ende, und damit dies schnell über die Bühne geht, bedarf es einer besonders gut geschulten und trainierten Truppe, die kein Risiko scheut und deren Arbeit dann beginnt, wenn andere längst aufgegeben haben.

Eine solche Spezialeinheit ist KOMMANDO ZERO, die aus insgesamt zehn Männern und Frauen besteht. Diese verfügen über genügend Erfahrung, um solche Krisen zu meistern und fast unlösbare Herausforderungen anzunehmen. Auch wenn ihr eigenes Leben auf dem Spiel steht. KOMMANDO ZERO ist eine Einheit, die nur sich selbst verpflichtet ist und offiziell auch nicht von einer Regierung eingesetzt wird. Dies erfolgt über Mittelsmänner, die dann den Vertrag aushandeln. KOMMANDO ZERO ist eine Söldnertruppe, die man immer dann ruft, wenn es keinen anderen Weg mehr gibt. Das Risiko ist hoch und die Prämie für den Einsatz mehr als verlockend. Jeder weiß, dass eine neue Mission auch der letzte Kampf für ihn sein könnte.

KOMMANDO ZERO sind:

David Heller – deutscher Afghanistan-Veteran (Oberst). Nicht mehr aktiv für die Bundeswehr tätig, wird aber hin und wieder um Rat gefragt

Leo Pieringer – gebürtiger Österreicher, die rechte Hand Hellers. Erfahrener Ex-Legionär, der in Afrika im Einsatz war

Hans de Groot – gebürtiger Niederländer, Computerexperte und guter Logistiker

Marcel Becaud – Franzose, der nur wegen des Geldes kämpft. Ein Mann ohne große Emotionen, aber man kann sich zu mehr als 100 % auf ihn verlassen.

Sylvie Durand – wer sie zum ersten Mal sieht, würde niemals glauben, dass sie ausgebildete Elitesoldatin ist und auch asiatische Kampftaktiken beherrscht.

Patrick Johnson – englischer und langjähriger Ex-Offizier mit großer Erfahrung

Evelyn Berg – nach ihrer Bundeswehrzeit hat sie begriffen, dass sie das Risiko braucht. Sie teilt Becauds Ansichten.

Bill Taylor – Ex Navy-SEAL aus Texas, ist vor drei Jahren zum KOMMANDO ZERO gestoßen und seitdem bei fast jedem Einsatz dabei.

Maria Hernandez – sie war Leibwächterin eines Ex-Drogenbosses und hat Gewalt und Tod kennengelernt.

Ben Cutler – Farbiger, einstmals NSA-Agent, jetzt über Bill Taylor zum KOMMANDO ZERO gestoßen.

KOMMANDO ZERO kann man über eine Kontaktadresse in Berlin erreichen. Innerhalb von 24 Stunden kommt die Truppe dann zusammen, und es werden konkrete Pläne beschlossen, wie der neue Einsatz aussieht.

Kapitel 1
Ohne Gnade

4. April 2022
Mariupol, Ost- Ukraine
Gegen 5:00 am Morgen

Im Osten zeichneten sich die ersten hellen Schimmer der bevorstehenden Morgendämmerung ab, während Oberst Alexej Petrov sein Fernglas an die Augen setzte und die vor ihm liegenden Häuser der größtenteils zerstörten Stadt Mariupol. Noch immer stieg Rauch in den rötlichen Himmel empor. Gestern Abend hatte die russische Armee mit der Hilfe einer tschetschenischen Söldnerbrigade erneut einen Angriff auf die östlichen Außenbezirke der Stadt gestartet und dabei neues Territorium erobert. Die ukrainischen Verteidiger hatten sich weiter ins Zentrum der Stadt zurückgezogen, wo seit Tagen ein erbitterter Häuserkampf weitere Opfer auf beiden Seiten forderte.

Aber all dies interessierte Petrov nicht. Er hatte aus Moskau einen klaren Auftrag bekommen, und den setzte er rigoros durch. Dass dadurch schon etliche Zivilisten und sogar Frauen und Kinder ihr Leben verloren hatten, war für ihn eher eine notwendige Begleiterscheinung.

Er setzte das Fernglas ab, weil ihn die aufgehende Sonne blendete und schaute zu Leutnant Pjotr Sorokin.

„Wir greifen an", sagte er und registrierte dabei den erleichterten Blick des jungen Offiziers, der in den letzten Wochen zur Genüge unter Bewies gestellt hatte, dass Jugend und Tapferkeit sich nicht gegenseitig ausschlossen. Sorokin mochte zwar aussehen wie ein einfacher Bauernjunge aus Sibirien, der nichts über die Grausamkeiten der russischen Invasion wusste, aber wer gesehen hatte, mit welcher Härte und Brutalität Sorokin bisher gegen die ukrainische Zivilbevölkerung vorgegangen war, der wurde sehr schnell eines Besseren belehrt. Der Krieg veränderte jeden Menschen, der aktiv daran teilnahm – und Sorokin gehörte zu denjenigen Offizieren, die Freude daran hatten, ihre Überlegenheit auf besonders brutale Weise unter Beweis zu stellen.

„Zu Befehl!", sagte Leutnant Sorokin und nahm vor Petrov Haltung an, um ihn dann korrekt militärisch zu grüßen. Dann machte er eine zackige Kehrtwendung und kehrte zurück zu den vierzig tschetschenischen Söldnern, die die oberste Heeresleitung Petrov und seinen Truppen zugeteilt hatte. Sie machten das, wovor ein normaler Soldat in manchen Fällen noch zurückschreckte, bevor er gezwungenermaßen dann den Befehl ausführen musste. Die Tschetschenen kannten solche Skrupel nicht. Wenn der Sold stimmte, dann würden sie notfalls auch dem Teufel in der Hölle einen Besuch abstatten, um ihn zur Strecke zu bringen.

Petrov wusste das, und deshalb war er froh, dass diese Söldner auch zu seiner Truppe gehörten, und Leutnant Sorokin war genau der richtige Mann, vor dem solche Kerle Respekt hatten. Er selbst hatte Verwandte in Tschetschenien, und das schweißte ihn automatisch mit den Söldnern zu einem gut funktionierenden Team zusammen.

Der Oberst sah zu, wie die Männer dem Leutnant folgten und sich im Licht der aufgehenden Sonne den ersten Häusern der Siedlung näherten. Eigentlich war es ein schöner Frühlingsmorgen, wenn man die meisten zerstörten und zerbombten Gebäude außer Acht ließ. Trotzdem lebten noch Menschen dort, weil sie keine andere Bleibe hatten. Das würde sich jedoch an diesem Morgen drastisch ändern.

*

Ana Koval hatte nicht geschlafen während der vergangenen Nacht. Immer wieder war sie von furchtbaren Albträumen verfolgt worden, die sie dazu gebracht hatten, dass sie sich auf dem harten Lager von einer Seite zur anderen wälzte und schließlich mit einem Schrei und schweißgebadet aufwachte.

Dann spürte sie, wie sie jemand an der Schulter packte und zu rütteln begann. Erneut wollte sie schreien und sich gegen den vermeintlichen Zugriff wehren, aber dann verschwanden die schrecklichen Bilder und machten der Realität Platz – auch wenn dieses alles andere als positiv war. Sie erkannte das Kellergewölbe, in dem sie sich befand, und außer ihr hielten sich noch weitere zehn Menschen dort auf.

„Beruhige dich, Ana", redete Elizaveta Melnik auf die fünfundzwanzigjährige Ukrainerin ein. „Du hast nur geträumt. Wir alle sind hier bei dir. Hast du das verstanden?"

Die Panik in Anas Augen erlosch, und sie atmete tief durch. Ihr Magen meldete sich mit einem unangenehmen Knurren, und sie war nicht die Einzige unter den Menschen, die in diesem Gewölbe Schutz gesucht hatten und es erst wieder verließen, wenn es dunkel geworden war. Denn nur dann hatten sie eine Chance, den gezielten Schüssen der zahlreichen russischen Heckenschützen zu entkommen, die sich selbst in der Vororten postiert hatten und auf alles schossen, was sie vor die Läufe ihrer Kalaschnikows bekamen. Manchmal veranstalteten sie sogar ein gegenseitiges Wettschießen und stießen laute Triumphschreie aus, wenn es ihnen gelungen war, einen flüchtenden und wehrlosen Menschen zu töten.

„Ich … ich habe Hunger", murmelte Ana. „Haben wir noch was?"

„Andriy ist vor einer halben Stunde losgegangen und versucht sein Glück", sagte die brünette Elizaveta. „Er sagt, dass er im Lagerraum des Supermarktes noch zwei

Kartons mit Konserven gesehen hat. Dorthin ist er jedenfalls unterwegs."

„Das … das ist doch Wahnsinn!", stieß Ana ganz aufgeregt hervor. „Weiß er denn nicht, was das für ein Risiko ist? Was ist, wenn ihn die Russen entdecken?"

„Er hat gesagt, dass er das für die Kinder tut", erwiderte Elizaveta und schaute kurz hinüber zu den drei Kindern, die in einer Ecke hockten. Ihre traurigen und teilweise auch verzweifelten Gesichter sagten mehr als viele Worte. Die zehnjährige Milana hatte kein Wort mehr gesagt, nachdem sie miterlebt hatte, wie vier russische Soldaten ihre Mutter getötet hatten. Ihr vierzehnjähriger Bruder Dmytro hatte sie gepackt und einfach mit sich gezogen, bevor die Soldaten sie erwischen konnten. Zwei Stunden später waren sie dann zu der Gruppe gestoßen, die Schutz in dem alten Kellergewölbe gesucht hatte.

Der dreizehnjährige Bohdan war von einer russischen Kugel am linken Oberarm verletzt worden und hatte seitdem Fieber. Es ging ihm nicht gut, und auch deswegen hatte Andriy den Entschluss gefasst, das Kellergewölbe zu verlassen und Ausschau nach Lebensmitteln zu halten. Mittlerweile waren mehr als zwei Stunden vergangen, und seitdem war er nicht mehr zurückgekehrt. Ob dies etwas Schlimmes zu bedeuten hatte? Keiner wusste es.

„Seid still!"

Der alte Kolja stand am Rande der Treppe, die aus dem Gewölbe führte und war auf einmal ganz aufgeregt. Er gestikulierte wild mit beiden Händen und deutete den Menschen an, zu schweigen und sich ganz ruhig zu verhalten. Seine Miene verhieß nichts Gutes, und die Menschen ahnten Schlimmes.

Bange Augenblicke verstrichen, in denen überhaupt nichts geschah. Der verletzte Bohdan fing ausgerechnet in diesem Moment an, zu stöhnen, weil das Fieber wieder stärker geworden war. Ana lief sofort zu ihm und presste ihm ihre Hand auf den Mund, damit niemand weiter oberhalb der Treppe etwas hören konnte. Zuerst wehrte sich Bohdan dagegen, aber dann schien er zu begreifen, was die Stunde geschlagen hatte und fügte sich schließlich.

Elizavetas Herzschlag beschleunigte sich, als sie plötzlich raue Stimmen oberhalb der Treppe hörte. Russische Stimmen. Dann erklangen dumpfe, schwere Schritte, und jemand kam die Treppe herunter.

Ausgerechnet jetzt schrie Milana vor Angst auf, weil die grausamen Bilder, die sie erlebt hatte, wieder gegenwärtig wurden. Sie schlug die Hände vors Gesicht und wimmerte, und genau das hörten nun die Männer, die über die Treppenstufen nach unten kamen und das Gewölbe entdeckten.

„Nicht schießen!", rief der alte Kolja verzweifelt und versuchte sich den Soldaten entgegenzustellen. Er hob abwehrend beide Hände und signalisierte dadurch den Soldaten, dass sie sich ergeben und keinen Widerstand leisten würden.

Alles, was der alte Mann damit erzielte, war ein verächtliches Lachen. Bruchteile von Sekunden später eröffnete der erste russische Soldat mit seiner Kalaschnikow das Feuer auf Kolja. Vier Kugeln trafen ihn, stießen ihn nach hinten, und als er auf dem Boden aufschlug, war er schon tot.

Fünf weitere bewaffnete Soldaten kamen nun über die Treppe nach unten, und jeder von ihnen richtete eine Waffe auf die Menschen, die alle die Hände erhoben hatten und kreidebleich im Gesicht waren. Weil sie wussten, dass nun der Augenblick eingetreten war, den sie alle gefürchtet hatten.

*

Leutnant Sorokins Blicke richteten sich auf die zehn Menschen, die in diesem Kellergewölbe Schutz gesucht hatten. Seine Augen blieben kalt und gefühllos.

„Mitkommen!" herrschte er die Männer, Frauen und Kinder an. „Jetzt gleich! Worauf wartet ihr noch?"

„Bitte tun Sie uns nichts!", sagte ein Mann mit einem Dreitagebart und aschblonden Haaren. „Wir haben Kinder bei uns und ..."

„Das sehe ich!", fiel ihm der Leutnant ins Wort und richtete die Kalaschnikow direkt auf ihn. „Habe ich dir gesagt, dass du reden sollst?" Der Mann zuckte eingeschüchtert zusammen, musste kurz schlucken und schüttelte dann stumm den Kopf. „Na also", fuhr Sorokin fort. „Warum denn nicht gleich so? Ich sage es jetzt nur noch ein einziges Mal: Ihr geht jetzt alle nach oben. Wer nicht gehorcht, der bleibt hier. Und zwar als Fraß für die Ratten und Hunde!"

Seine Worte ließen keinen der Menschen kalt. Sie befolgten diesen Befehl unverzüglich und stiegen die Stufen nach oben, so schnell es eben möglich war. Sorokin lachte angesichts der Hilflosigkeit der Ukrainer, aber ihn interessierte es nicht. Oberst Petrov hatte klare Befehle erteilt, und die galt es unverzüglich umzusetzen.

Eine der Frauen stützte einen Jungen, der am linken Oberarm einen blutigen Verband trug und auf dessen Stirn sich feine Schweißperlen gebildet hatten. Dass er Angst vor den russischen Soldaten hatte, konnte man ihm deutlich ansehen.

„Was ist mit ihm?", fragte Sorokin und stellte sich der Frau und dem Jungen in den Weg. Alle anderen waren schon nach oben gegangen und wurden dort von weiteren Soldaten in Empfang genommen.

„Eine Kugel hat ihn getroffen", sagte die Frau mit stockender Stimme. „Er hat Fieber."

„Ah", sagte Sorokin. „Geh weiter!", befahl er dann der Frau. „Du allein!"

Die Augen der Frau weiteten sich vor Schreck, als ihr bewusst wurde, was das bedeutete. Sorokin ging einen Schritt nach vorn, riss die Frau zu sich, und dadurch begann der Junge zu stolpern. Schließlich taumelte er und fiel nach hinten, stürzte einige Stufen hinunter, bis er unweit neben dem toten Kolja liegenblieb und stöhnte, weil die Wunde im Arm wieder zu bluten begonnen hatte.

Sorokin ging drei Stufen hinunter und hatte dabei den Lauf der Kalaschnikow auf den Jungen gerichtet. Als dieser mit schmerzverzerrter Miene den Kopf hob, hielt Sorokin den Zeitpunkt für gekommen, um abzudrücken. Die Kugeln aus dem Maschinengewehr schlugen in den Körper des Jungen ein und schleuderten ihn zur Seite. Als der russische Leutnant vor dem Jungen stand, war in dessen Augen kein Leben mehr.

Sorokin spuckte verächtlich aus, während weiter oberhalb die Frau jämmerlich zu weinen begann. Dieses Lachen brach aber abrupt ab, als er an ihr vorbeiging und sie nur ein einziges Mal anschaute. Dann brach sie ab und tat nur noch das, was die Soldaten ihr sagten.

Das Licht der Morgensonne erhellte die Gebäude ringsum und den Platz, der einmal das Zentrum dieses Außenbezirks gewesen war. Es hatte Geschäfte, Lokale und Kneipen gegeben, bevor Putins Soldaten in die Ukraine einmarschiert waren und innerhalb von wenigen Tagen die bestehende Ordnung auf den Kopf gestellt hatten. Seit dieser Zeit wollten die Schrecken einfach nicht enden, die die Bewohner heimsuchten, und es gab kaum jemanden unter ihnen, der nicht einen oder gar mehrere Tote in der Familie oder im Freundeskries zu beklagen hatte.

Kalter Rauch hing in der Luft, und weiter in Richtung Stadtzentrum war immer lautes Donner und das Echo vieler Schüsse zu hören. Die ukrainischen Verteidiger hatten langfristig keine Chance, sich gegen diesen Druck der russischen Invasoren entgegenzustemmen und zogen sich deshalb immer weiter ins Zentrum zurück, wo zu dieser Stadt vermutlich weitere Häuserkämpfe stattfanden.

Leutnant Sorokin wusste das nicht, und es spielte bei allen weiteren Entscheidungen auch keine Rolle für ihn und die ihm unterstellten Soldaten. Sie hatten nur einen Auftrag: Die Außenbezirke mussten gesäubert und die Überlebenden abtransportiert werden – weiter nach Nordosten auf russisches Hoheitsgebiet. Ob diese Menschen jemals wieder in ihre Heimat zurückkehren würden, war ungewiss.

Einer von mehreren Transportfahrzeugen vom Typ URAL kam zwischenzeitlich vorgefahren und stoppte die Fahrt unweit der Stelle, wo die Menschen aus dem Kellergewölbe ängstlich verharrten.

„Rein mit euch!", forderte Sorokin die Männer, Frauen und Kinder auf. „Wer in dreißig Sekunden nicht eingestiegen ist, stirbt!"

Um seinen Worten noch etwas mehr Geltung zu verschaffen, wurden die Menschen sehr rau behandelt. Es gab Schläge und Tritte für diejenigen, die nicht schnell genug waren, und die Soldaten kümmerte es wenig, ob es auch Frauen und Kinder traf.

Sorokin drehte sich um, als Oberst Petrov mit seinem Geländefahrzeug diesen Ort erreichte. Er nahm sofort Haltung an, wartete, bis der Kommandant ausstieg und ihn erwartungsvoll anschaute.

„Wir haben ein Versteck ausgehoben, Oberst", sagte Sorokin. „Zwei Ukrainer haben Widerstand geleistet. Sie wurden liquidiert."

„Sehr gut", sagte der Oberst. „Wir setzen unsere Aktion fort. Wir werden diesen Stadtteil säubern. Diese Menschen werden in unseren Lagern lernen, sich den neuen Gegebenheiten anzupassen und nicht diesem wahnsinnigen Schauspieler hinterherzulaufen, den man zum Präsidenten dieses Landes gemacht hat."

16

„Es wurde Zeit dafür", sagte Sorokin. „Niemand wird uns aufhalten!"

Damit war alles gesagt. Der LKW mit den Gefangenen setzte sich in Bewegung und verließ diesen Bezirk in nordöstlicher Richtung. Auf die gefangenen Ukrainer wartete eine ungewisse Zukunft.

*

Andriy Kovalenko fuhr erschrocken zusammen, als er die russischen Fahrzeuge herunterkommen sah. Er konnte sich gerade noch hinter einer Mauerbrüstung verstecken, bevor man ihn entdeckte. Er beobachtete, wie die Fahrzeuge in der Mitte der Straße zum Stehen kamen und Soldaten ausschwärmten, um die umliegenden Häuser zu durchsuchen.

Sie werden das Kellergewölbe finden, dachte Andriy voller Sorge. *Die anderen sind in Gefahr!*

Er sah, wie sich einige Soldaten nun auch dem Haus näherten, in dem auch er Zuflucht gesucht hatte. Nur wenige Augenblicke später fielen Schüsse, und ängstliche Schreie waren zu hören. Andriy schloss die Augen und murmelte ein stummes Gebet, als er sich vorstellte, was gerade dort geschah. Er konnte nur Mutmaßungen darüber anstellen, wie brutal die Russen mit denjenigen Menschen umgingen, die sie in den Verstecken und Kellern entdeckten.

Er versuchte, weitere Einzelheiten zu erkennen und hätte fast geweint, als er Ana und Elizaveta mit den Kindern als erste herauskommen sah. Danach folgten die anderen. Aber wo waren der alte Kolja und Bohdan? Andriy konnte sie nicht sehen, und nun wurde ihm bewusst, was die Schüsse zu bedeuten hatten, die er eben gehört hatte. Vermutlich hatte der alte Mann versucht, mit den Russen zu reden, oder er hatte sich sogar mutig den Invasoren entgegengestellt, und dafür war er erschossen worden. Und den verletzten Bohdan hatten diese Bestien auch getötet. So ähnlich musste es abgelaufen sein.

Andriys Finger tasteten nach der Pistole, die er im Gürtel stecken hatte. Er hatte sie vor drei Tagen einem toten ukrainischen Soldaten abgenommen, den Andriy in einer Seitenstraße gefunden hatte, bevor er zu den anderen Menschen im Kellergewölbe gestoßen war. Im ersten Augenblick wollte er in seiner Wut das Feuer auf die Russen eröffnen, aber dann wurde ihm klar, dass ihn das nur das eigene Leben kosten würde und damit nichts gewonnen war.

Den anderen Menschen, die die Russen aus dem Kellergewölbe geholt hatten und nun zwangen, eines der Fahrzeuge zu besteigen, konnte er ohnehin nicht mehr helfen. Sie mussten sich mit ihrem Schicksal abfinden, und wohin man sie jetzt transportierte, wusste niemand.

Andriy hatte gehört, dass irgendwo außerhalb der Stadt gezielt Massenhinrichtungen stattfanden, aber er selbst hatte das nicht gesehen. In diesen Tagen kursierten viele Gerüchte über die Grausamkeit der russischen Invasoren, und Andriy wusste nicht, was letztendlich der Wahrheit entsprach. Er wusste nur eins: Mariupol war dem Untergang geweiht, wenn nicht bald ein Wunder geschah.

Er beobachtete, wie sich die Fahrzeuge nun in Bewegung setzten. Der Wagen, auf dem sich die Menschen aus dem Kellergewölbe befanden, machte kehrt und war bald nicht mehr zu sehen. Die anderen Fahrzeuge setzten ihren Weg zum Stadtzentrum fort, während die Soldaten weiterhin die Häuser durchsuchten.

Andriy hatte genug gesehen. Er vergaß den Karton mit dem halben Dutzend Konserven, die er tatsächlich noch gefunden hatte. Hastig verließ er seine Deckung und rannte los. Hinter ihm erklangen wütende Schreie, und sofort wurde wieder geschossen. Aber Andriy war bereits in einer schmalen Seitenstraße verschwunden, bevor ihn die Kugeln trafen.

*

Anton Lisenko fluchte, als er den hallenden Donner einer Explosion hörte, die Richtung des Asow-Stahlwerkes kamen. Dort hatte sich eine Gruppe von ukrainischen Soldaten und Freiwilligen verschanzt, die das Firmengelände und Produktionshallen unter Einsatz ihres Lebens gegen die russischen Truppen schon seit fast vier Wochen verteidigten.

„Es wird eng für unsere Kameraden", sagte er zu Eduard Bojko, der an diesem Vormittag Posten im dritten Stock eines von Granatentreffern schwer in Mitleidenschaft gezogenen Wohnhauses bezogen hatte. „Sie werden nicht mehr lange durchhalten."

„Wir können es nur hoffen", erwiderte Lisenko. „Es heißt, dass zusätzliche Truppen von Westen unterwegs nach Mariupol sind. Aber was ist, wenn sie zu spät kommen, Eduard?"

„Dann werden sie als Helden sterben", erwiderte Bojko, schaute dabei aber seinen Kameraden nicht an, weil er über den Lauf seines Maschinengewehrs die breite Straße beobachtete, die einmal ein wichtiger Zubringer zum Stadtzentrum gewesen war, bevor die russischen Invasoren mit der großflächigen Zerstörung und anschließender Besetzung der Stadt begonnen hatten. „Wir können unsere Heimat diesen Schlächtern doch nicht kampflos überlassen, Anton!"

„Glaubst du, ich will das?", stellte Lisenko die Gegenfrage und kratzte sich dabei nervös über seinen Stoppelbart. „Aber darauf läuft es hinaus – auch wenn das keiner von uns wahrhaben will. Die Russen werden bald hier sein, und dann müssen wir überlegen, ob wir uns gleich erschießen lassen oder uns lieber zurückziehen."

„Du hast Angst, oder?"

„Angst zu haben, ist keine Schande", antwortete Lisenko. „Aber wenn es aussichtlos geworden ist, dann meldet sich mein Überlebensinstinkt, Eduard. Und das ist jetzt der Fall." Er brach ab, weil er in der Ferne plötzlich Motorengeräusche hörte, gefolgt von mehreren Schüssen. „Gütiger Himmel!", stieß er dann mit gepresster Stimme hervor. „Es ist so weit, Eduard. Die Russen kommen!"

Bojko blickte in die betreffende Richtung und musste schlucken, als er die unverkennbaren Geräusche ebenfalls hörte. Aber er sah noch etwas anderes – nämlich einen jungen Burschen, der die Straße entlangrannte und sich immer wieder umdrehte.

„Geh runter, Eduard", sagte Lisenko zu seinem Kameraden. „Vielleicht weiß der Junge etwas. Nun mach schon!"

Bojko nickte, nahm seine Maschinenpistole und wandte sich vom Fenster ab. Hastig ging er über die Treppe ins untere Geschoss, öffnete die Holztür, die bereits schräg in den Angeln hing und trat mit vorgehaltener Waffe kurz hinaus. Der Junge bemerkte ihn erst, als Bojko hinaus auf die Straße trat und ihm mit der linken Hand zuwinkte. Im ersten Moment zögerte er noch etwas, aber dann kam er zu Boiko geeilt, als er dessen Uniform sah und erkannte, dass ihm von diesem Soldaten keine Gefahr drohte.

„Bist du verrückt geworden?", fuhr ihn Bojko an. „Was zum Teufel hast du allein da draußen auf der Straße zu suchen? Weißt du denn nicht, wie gefährlich das ist?"

Der Junge keuchte heftig, schaute kurz zurück in die Richtung, aus der er gekommen war und keuchte, als hätte er einen Marathonlauf hinter sich. Deshalb zog ihn Bojko einfach mit sich ins Innere des Hauses, und der Junge ließ es mit sich geschehen.

„Die Russen", murmelte der Junge dann. „Sie haben … die anderen sind …"

„Jetzt komm mal zur Ruhe", redete Bojko auf ihn ein. „Wer bist du, und was ist passiert?"

„Andriy heiße ich", stammelte der Junge. „Andriy Kovalenko. Ich bin geflohen vor den Russen. Die anderen aus dem Keller haben sie mitgenommen und zwei von ihnen getötet." In kurzen Sätzen berichtete er, was er erlebt hatte. Bojko hörte aufmerksam zu und unterbrach den Jungen nicht.

„Komm mit", forderte er Andriy schließlich auf und zeigte zur Treppe. „Mein Kamerad muss das erfahren, und dann treffen wir eine Entscheidung."

„Wie viele seid ihr?", fragte Andriy hoffnungsvoll. „Können wir … die anderen noch retten?"

Boyko erwiderte nicht gleich etwas darauf, sondern deutete Andriy an, ihm zu folgen. Wenige Augenblicke später hatten sie den dritten Stock erreicht, wo Anton Lisenko schon ungeduldig wartete.

„Du musst dir anhören, was der Junge hier zu sagen hat", sagte Boyko nun zu seinem Kameraden. „Es ist wichtig, Anton. Los, Andriy, erzähle es noch mal."

Andriy nickte und wiederholte das, was er erlebt hatte. Anton Lisenko blickte jetzt genauso betroffen drein wie sein Kamerad Eduard Boyko.

„Diese Schweine entführen tatsächlich immer noch Menschen", sagte er mit einem tiefen Seufzer. „Also stimmt es, was wir schon vor ein paar Tagen gehört haben. Es ist klar, was das bedeutet, oder?"

Lisenko deutete Boyko mit einem kurzen und eindringlichen Blick an, jetzt keine Einzelheiten zu schildern, sonst würde der Junge noch ängstlicher werden als es ohnehin schon der Fall war.

„Was tut ihr jetzt?", fragte Andriy dennoch. „Ihr müsst ihnen doch helfen! Ihr könnt doch nicht einfach zusehen, wie …" Er brach ab, und Tränen zeichneten sich in seinen Augenwinkeln ab. Dessen schämte er sich nicht. Er hatte zu viel Schlimmes erlebt und gesehen, und das konnte er nicht mehr länger zurückhalten. Seine Schultern zuckten, und dann begann er zu weinen.

„Wir müssen weg von hier", sagte Lisenko nach kurzem Überlegen, während Bojko den Jungen in den Arm nahm. „Wir ziehen uns zurück und erstatten Bericht. Jetzt ist es Gewissheit geworden, was wir schon vermutet haben. Das muss das Oberkommando erfahren – und auch der Präsident in Kiew."

„Weißt du, wie weit Kiew von hier entfernt ist?", fragte Boyko, dessen Stimme ebenfalls angesichts dieser Neuigkeiten resignierend klang. „Bis die etwas unternommen haben, sind viele von uns längst tot. Das gilt auch für diejenigen, die verschleppt worden sind."

„Es kann nicht sein, dass alle tatenlos zusehen", fuhr Lisenko fort. „Der Junge kommt jetzt erst einmal mit, bis wir unsere Kameraden erreicht haben. Und dann sehen wir weiter."

Weiterer Worte bedurfte es nicht, und Andriy folgte den beiden ukrainischen Soldaten wieder die Treppe hinunter. Währenddessen waren die Motorgeräusche nähergekommen, und es wurde höchste Zeit, die Stellungen zu wechseln. Bevor die Russen so nahe herangekommen waren, dass ernsthafte Gefahr für Leib und Leben bestand, hatten die beiden Soldaten und der Junge das Haus verlassen und flüchteten über eine Seitenstraße weiter in Richtung Zentrum.

Kapitel 2
Eine riskante Mission

15. April 2022
Irgendwo nordöstlich von Mariupol
Kurz vor 22:00 Uhr

Während der letzten drei Tage waren sie nur nachts unterwegs gewesen und hatten die wichtigsten Straßen und Verbindungen nach Mariupol gemieden. Stattdessen waren sie mit den drei russischen Militärfahrzeugen auf teilweise unbefestigte Wege ausgewichen und deshalb nur langsam vorangekommen. Das war aber die einzige Chance, die ihnen blieb, unbemerkt weiter in die von russischen Truppen besetzten ukrainischen Gebiete vorzudringen.

Trotzdem stellte dies ein nicht unerhebliches Risiko dar, denn wenn man sie entdecken würde, dann war eines ganz sicher: Man würde sie auf der Stelle erschießen und irgendwo verscharren. Söldner, die sich in interne Angelegenheiten Russlands einmischten, waren erklärte Feinde des russischen Staates, und die wurden in den Gebieten der Ukraine, die Russland bereits für sich beansprucht und vereinnahmt hatte, nicht geduldet.

Die Männer und Frauen des Teams *Kommando ZERO* wussten, auf was sie sich eingelassen hatten, als sie diesen Auftrag annahmen. Es war nicht das erste Mal, dass sie in ein fremdes Land kamen und bedingungslos ihr Leben riskierten, weil es die Situation erforderlich machte. Offiziell wusste niemand von dieser Aktion, und man hätte auch vehement abgestritten, dass jemals ein Team aus erfahrenen und kampferprobten Söldnern beauftragt worden wäre, in der Region Mariupol einen gefährlichen Gegner auszuschalten. Damit würde der Krieg zwischen Russland und der Ukraine zwar nicht beendet werden, aber womöglich gab es eine Atempause für einige Menschen, die dort lebten und fürchteten, dass auch sie nach Russland verschleppt und dort in Lagern untergebracht werden würden.

Der Auftrag für diese Mission war von einigen politischen Kreisen gekommen, die im Hintergrund bleiben und auf keinen Fall damit in Zusammenhang gebracht werden wollten. Erneut hatte man den Albaner Hasim

Kodra beauftragt, mit *Kommando ZERO* Kontakt aufzunehmen und ein entsprechendes Angebot zu unterbreiten. Das war vor fünf Tagen gewesen, und wie üblich hatte Oberst a.D. David Heller, der Leiter des Teams, die Bedingungen mit dem albanischen Waffenhändler ausgehandelt, und man war zu einer Einigung gekommen.

Vor einigen Tagen waren die Mitglieder des Teams zu ihrer Mission in der Ukraine aufgebrochen. Es wäre sehr aufwändig und mühselig gewesen, überhaupt bis in diese Region vorzustoßen, ohne von den Russen entdeckt und aufgegriffen zu werden. Im Prinzip war es ein Einsatz, der offiziell gar nicht existierte, aber dennoch notwendig war. Kodra hatte auch diesmal wieder für die Logistik gesorgt und Hellers Team Waffen und Ausrüstung sowie entsprechend glaubwürdige Dokumente ausstellen lassen, die einer Überprüfung vor Ort standhalten würden.

Jetzt befanden sich die Mitglieder von *Kommando ZERO* nur noch knapp 30 Kilometer entfernt von Mariupol, aber die Spuren von Tod und Zerstörung waren bereits allgegenwärtig.

„Mir kommt es vor, als wenn die wirkliche Welt unendlich weit entfernt ist", sagte Sylvie Durand, die zusammen mit Marcel Becaud die letzte Wache übernommen hatte, bevor die Fahrt ins Ungewisse wieder fortgesetzt werden sollte. „Die meisten kleinen Dörfer sind entweder total zerstört oder von Russen besetzt und als Stützpunkte ausgebaut worden."

„Stimmt", musste Marcel Becaud nun mit einem kurzen Nicken zugeben. „Der Krieg wird sich wie ein Flächenbrand ausweiten, wenn er nicht bald gestoppt wird." Er bemerkte plötzlich ein rötliches kurzes Aufleuchten weiter südlich und blickte noch ernster drein, als es ohnehin schon der Fall war.

„Die Russen bombardieren Mariupol Tag und Nacht", fügte Sylvie hinzu. „Das hält niemand auf Dauer aus.

24

Bald werden sie diese Stadt auch erobert und besetzt haben."

„Wir werden das nicht verhindern können, Sylvie", erwiderte Becaud. „Deswegen sind wir auch nicht hier. Unsere Mission ist klar und deutlich, und sie ist nicht weniger riskant, als mit unserem Team ins Stadtzentrum von Mariupol einzudringend und den Bürgermeister auf Anweisung der ukrainischen Regierung herauszuholen."

„Wenn es nur das wäre", gab Sylvie zu bedenken. „Manchmal denke ich, es wäre besser gewesen, wenn ich vor Antritt dieses Einsatzes mein Testament gemacht hätte."

„Ein Testament?", fragte Becaud. „Wem willst du denn was vermachen? Hast du ein dickes Bankkonto oder Bitcoins irgendwo gebunkert? Das wäre mir neu."

„Nichts von beidem, Marcel", erwiderte die dunkelhaarige Französin, für die Becaud mehr war als nur ein Teammitglied, auf das man sich bedingungslos verlassen konnte. „Trotzdem bin ich mir bewusst, dass diese Mission vielleicht auch von uns Opfer fordert und …"

„Jetzt ist es aber gut!", fiel ihr Becaud ins Wort. „So kenne ich dich ja gar nicht, Sylvie. Vergiss das mal ganz schnell. Wir sind hierhergekommen, um einen Job zu machen – und zwar so gut wie nur irgendwie. Und falls du wirklich mal Zweifel hast: Ich bin immer in deiner Nähe und passe auf dich auf."

„Danke", erwiderte Sylvie, weil Becaud nur sehr selten persönliche Äußerungen während eines Einsatzes von sich gab. Das war nur dann der Fall, wenn die beiden allein waren und eine Mission beendet worden war. Aber hier und heute waren die beiden und ihre Teamkollegen noch weit davon entfernt, dieses Ziel erreicht zu haben. Der Auftrag hatte gerade erst begonnen, und bis jetzt waren sie nicht wirklich mit gefährlichen Situationen hautnah konfrontiert worden. Was aber nicht bedeuten musste, dass dies auch so bleiben würde.

„Patrick und Evelyn sind schon über die vereinbarte Zeit ausgeblieben", fügte Becaud hinzu. „Das gefällt mir nicht."

„Es waren zwei Stunden vereinbart, als sie aufgebrochen sind", antwortete Sylvie. „Die sind noch nicht ganz verstrichen. Vielleicht haben sie etwas Wichtiges entdeckt und mussten einen Umweg in Kauf nehmen."

Becaud erwiderte nicht gleich etwas darauf. Ihm gingen womöglich andere Vermutungen durch den Kopf, die er mit Sylvie nicht teilen wollte, um sie nicht zu beunruhigen. Patrick Johnson und Evelyn Berg gehörten ebenfalls schon seit einigen Jahren zum Team von *Kommando ZERO*. Der englische Ex-Offizier war ein erfahrener Kämpfer, und das galt auch für die ehemalige Bundeswehrsoldatin Evelyn Berg, die zudem über Kenntnisse der russischen Sprache verfügte und bei einer flüchtigen Kontrolle durchaus für eine Russin gehalten werden konnte. Deshalb hatte Heller entschieden, dass die beiden schon einmal das Gelände erkunden sollten, das noch vor ihnen lag. Falls es russische Truppen in der Nähe gab, würden sie das mit Sicherheit rechtzeitig herausfinden und dann sofort ihre Kameraden davon in Kenntnis setzen.

„Wollen wir das Beste hoffen", sagte Becaud schließlich und schaute hinüber zu der Stelle, wo sich Ben Cutler, Bill Taylor und Maria Hernandez befanden und dort Posten bezogen hatten. „Dieser Ort hier ist mir irgendwie unheimlich. Manchmal frage ich mich, was aus den Menschen geworden ist, die hier mal gelebt haben. Lange kann es jedenfalls nicht her sein, seit sie den Hof verlassen haben. Es sah alles so aus, als wenn sie ganz überstürzt gehen mussten."

„Ich weiß", sagte Sylvie. „Es stand Essen auf dem Tisch, und die Teller waren noch gefüllt. Aber die eingetretene Tür und die umgestürzten Stühle sprechen eine eindeutige Sprache."

„Du glaubst also auch, dass sie verschleppt worden sind?"

„Wahrscheinlich", antwortete Sylvie. „Aber ob sie noch am Leben sind, das weiß keiner von uns. Aber wir werden es höchstwahrscheinlich herausfinden. Dieser Oberst Petrov und seine Tschetschenen sind mit äußerster Vorsicht zu genießen."

„Was wir bis jetzt von ihm und seiner Mördertruppe erfahren haben, reicht aus, um dieses grausame Treiben so schnell wie möglich zu beenden", sagte Becaud. „Lieber heute als morgen, Sylvie."

Er hatte noch mehr sagen wollen, brach dann aber ab, als er in der Nacht das Geräusch eines Motors hörte. Ein Fahrzeug näherte sich dem verlassenen Bauernhof! Sofort aktivierte er das Nachtsichtgerät auf seinem Helm und blickte in die Richtung, aus der er den Motorgeräusch vernommen hatte. Auch Ben Cutler, Maria Hernandez und Bill Taylor waren darauf aufmerksam geworden und stießen nun zu ihren Kameraden.

„Dem Himmel sei Dank", murmelte Bill Taylor, der ebenfalls das näherkommende Fahrzeug beobachtete und sich dann entspannte. „Sie kommen zurück. Ich bin schon sehr gespannt, was sie uns zu berichten haben."

*

Der Bauernhof lag ein gutes Stück abseits der ausgebauten Straßen. David Heller und seine Leute hatten sich bei der Ankunft gefragt, wie die hier lebenden und jetzt spurlos verschwundenen Menschen überhaupt zurechtgekommen waren. Das Land ringsherum war karg und für Ackerbau kaum geeignet. Dass die Bewohner dennoch hiergeblieben waren und darauf gehofft hatten, dass der Krieg an ihnen vorbeigehen würde, ohne dass sie direkt hineingezogen wurden, hatte sich leider nicht bewahrheitet. Jetzt war alles verlassen, das Vieh gestohlen und die Vorratskammern geplündert.

„Fassen wir nochmal zusammen, was wir mittlerweile wissen", richtete Heller nun das Wort an Leo Pieringer und Hans de Groot. „Oberst Alexej Petrov und seine Tschetschenen ziehen eine Spur von Blut und Tod hinter sich her. Wir werden ihn nur noch mit Gewalt stoppen und seinen Vernichtungsfeldzug aufhalten können. Was hast du zwischenzeitlich noch an weiteren Details herausfinden können, Hans?"

Der Niederländer war der Computerexperte des Teams und hatte bisher immer mit seinen Recherchen ins Schwarze getroffen. Zuletzt hatte er kurz nach Ankunft in Kiew noch einmal sämtliche Daten aktualisiert und weitere Recherchen über Petrov angestellt.

„Nicht viel", erwiderte de Groot in einem Tonfall, der seine eigene Unzufriedenheit widerspiegelte. Er hatte zwar sein Laptop dabei, hatte aber schon seit gestern Abend keinen Zugang mehr zum Internet. Selbst die mobile Telefonverbindung mit Kiew und dem Kontaktmann der Regierung war nur hin und wieder möglich. Momentan waren sie völlig abgeschnitten von weiteren Möglichkeiten und mussten mehr oder weniger selbst zusehen, wie sie zurechtkamen. Das war eine Ausgangslage, die alles andere als hilfreich für Hellers Leute war. „Wir wissen, in welcher Region Petrov operiert und wie viele Leute er hat."

„Und dass er tschetschenische Söldner in seiner Truppe hat", fügte Pieringer hinzu, der zwar in Österreich geboren war, aber viele Jahre seines Lebens als Legionär in verschiedenen afrikanischen Staaten gekämpft hatte und wusste, was es bedeutete, gegen eine feindliche Söldnertruppe zu kämpfen, die eine Schneise der Vernichtung durch eine Region zog und alles zerstörte. All dies geschah mit Duldung der russischen Regierung. „Das sind besonders gefährliche Leute, David", fügte Pieringer hinzu. „Wir werden uns darauf einstellen müssen, dass es bald eine Konfrontation gibt, und dann sollten wir darauf umso besser vorbereitet sein."

Wenn selbst ein erfahrener Mann wie Leo Pieringer solche nachdenklichen Worte von sich gab, dann wies das umso mehr auf den Ernst der Lage hin. Heller hatte das natürlich bei allen Planungen mit einbezogen. Er war kein Mann, der leichtsinnig Pläne schmiedete, sondern vielmehr auf Fakten zählte. Er war Hellers rechte Hand und hatte mit seinen Einschätzungen bisher immer richtig gelegen.

Heller blickte auf die Karte, die er auf dem Tisch ausgebreitet und auf der er eingezeichnet hatte, welchem Weg sie bisher gefolgt waren. Jedes auf der Karte markierte Kreuz stellte einen Ort dar, an dem Petrovs Mördertruppe bisher zugeschlagen und Menschen getötet und verschleppt hatte. Der neueste Hinweis auf Petrov und seine Söldner war von einem ukrainischen Jungen gekommen, der mit einigen anderen Leuten Zuflucht in einem Kellergewölbe in Mariupol gesucht hatte. Während er das Gewölbe kurz verlassen hatte, um nach Proviant für die anderen Menschen zu suchen, waren Petrovs Söldner in diesen Außenbezirk vorgedrungen und hatten die Menschen im Keller entdeckt. Zwei von ihnen waren sofort getötet und die anderen mitgenommen worden. All dies hatte der Junge gesehen, war aber zum Glück mit dem Schrecken davongekommen. Zusammen mit zwei ukrainischen Soldaten hatte er sich ins Zentrum der Stadt zurückgezogen und hatte dann einem Major berichtet, was er mit eigenen Augen gesehen hatte.

Genau diese Nachricht war dann auf einigen riskanten Kanälen bis nach Kiew gekommen, wo man schließlich die Entscheidung getroffen hatte, um Hilfe zu bitten, weil die Entführungen zugenommen hatten. Das war der Zeitpunkt gewesen, an dem Hasim Kodra kontaktiert worden war, und so hatte es sich ergeben, dass das Team von

Kommando ZERO zeitnah in die Ukraine gekommen war. Natürlich kannten Heller und seine Leute die Auswirkungen des Krieges und welches Leid die ukrainische Bevölkerung bereits erfahren hatte. Dieser Krieg dauerte nun schon einige Monate an, und die russische Armee rückte immer weiter vor und besetzte weitere Gebiete. Im Augenblick konzentrierten sich die Angriffe auf die Stadt Mariupol, die von großer wirtschaftlicher und strategischer Bedeutung war. Aber das, was Hellers Team bisher aus der Ferne mitbekommen hatte, deutete darauf hin, dass Mariupol bald untergehen würde.

Da der Flugraum über der Ukraine wegen des Krieges auf unbestimmte Zeit gesperrt war, mussten Heller und seine Leute von der polnischen Grenze in einen Zug steigen, um nach Kiew zu kommen. Dort hatten dann drei russische Militärfahrzeuge und entsprechende Waffen auf sie gewartet. Die Uniformen, die sie trugen, waren ebenfalls russischen Ursprungs, so dass nach außen hin niemand misstrauisch werden würde. Dass einige Mitglieder des Teams keine Russen waren, konnte jeder sehen, wenn man sie kontrollierte, aber auch in diesem Fall war vorgesorgt worden. Sie hatten entsprechende Dokumente bei sich, die sie als Militärberater von Nationen ausweisen, die mit Russland befreundet waren. Und da diese Dokumente eine perfekt gefälschte Unterschrift des russischen Präsidenten enthielten, würde sicherlich keiner das anzuzweifeln versuchen. Zumindest hofften Heller und seine Kameraden das.

Hellers Gedanken kehrten wieder in die Wirklichkeit zurück. Er warf einen Blick auf seine Armbanduhr und stellte ebenfalls fest, dass Evelyn Berg und Patrick Johnson bald überfällig waren. Aber bevor er sich weiter den Kopf darüber zerbrach, ob sie eventuell aufgehalten worden waren, ertönten draußen vor der Tür hastige Schritte, und Bill Taylor riss die Tür auf.

„Sie kommen zurück!", rief er mit erleichterter Stimme.

Wenige Augenblicke später stoppte das russische Militärahrzeug auf dem Hof hinter dem Haus, und die beiden Teammitglieder stiegen aus.

„Es wurde Zeit", sagte Heller. „Was gibt es Neues?"

„Nichts Gutes", erwiderte Evelyn. „Gehen wir am besten gleich rein. Ich fürchte, wir müssen uns beeilen." Ihre Stimme hatte einen beunruhigenden Tonfall angenommen, der Heller nicht entgangen war. Aber noch sagte er nichts dazu, sondern wartete ab, bis alle anderen Teammitglieder ins Haus gekommen waren. Maria Hernandez war die Letzte, die die Tür hinter sich schloss und wartete dann ab, was Evelyn und Johnson zu berichten hatten.

„Wir sind auf ein Camp gestoßen", begann Johnson zu erzählen, wie üblich mit nüchtern und sachlich klingender Stimme. Nur seinen Augen war anzusehen, dass er und Evelyn etwas gesehen haben mussten, was sie nicht gleichgültig bleiben ließ. „Vielleicht dreißig Kilometer von hier in nordöstlicher Richtung entfernt. Es befindet sich in einem hügeligen und waldigen Gelände. Sie haben Feuer entzündet, als hätten sie nicht die geringsten Bedenken, auf ukrainische Soldaten zu stoßen."

„Es müssen Petrov und seine Truppe gewesen sein, zumindest ein Teil davon", fuhr Evelyn nun fort. „Wir haben uns so nahe an das Camp herangeschlichen, dass wir Stimmen hören konnten. Das war ganz klar tschetschenisch. Die Soldaten hatten auch Zivilisten als Gefangene dabei. Zuerst hatten wir gedacht, dass sie zu einem Sammelpunkt gebracht werden sollten, aber das war leider nicht so. David, die Zivilisten wurden kaltblütig erschossen. Sie mussten sich alle in einer Reihe aufstellen, und dann eröffneten die Soldaten mit ihren Kalaschnikows das Feuer. Es waren auch zwei Frauen und ein älterer Mann dabei. Sie trugen einfache Kleidung. Vielleicht waren es Bauern, aber wer kann das schon genau wissen?"

„Unter Umständen handelte es sich um die ehemaligen Bewohner dieses Bauernhofes", mutmaßte Johnson. „Wir konnten nicht eingreifen und die Hinrichtung verhindern. Es waren mindestens zwanzig Soldaten, vielleicht sogar mehr."

„Sie haben anschließend Gräber ausgehoben", erzählte Evelyn weiter. „Das war der Moment, an dem wir uns zurückgezogen haben, bevor wir noch entdeckt wurden. Es stimmt alles, was uns berichtet wurde, David. Sie entführen Menschen aus den Dörfern. Aber nicht alle werden nach Russland verschleppt. Zumindest diese Familie wurde kaltblütig erschossen."

„Verdammt!", entfuhr es Leo Pieringer, als er das hörte. „Es wird höchste Zeit, dass wir diesen elenden Mördern zeigen, wer am längeren Hebel sitzt. Wie viele sollen das gewesen sein, Patrick? Zwanzig Soldaten?"

„Ich glaube schon", erwiderte Johnson, nachdem er gesehen hatte, wie Evelyn das ebenfalls mit einem kurzen Nicken bestätigte. „Was willst du tun, Leo?"

„Wir sollten verhindern, dass weitere Zivilisten ums Leben kommen. Diese Schweinehunde haben schon genügend Unheil angerichtet. Höchste Zeit, dass wir sie stoppen. Ich schlage vor, dass wir ihnen folgen, bis wir sie eingeholt haben und dann auf einen geeigneten Moment warten, um sie anzugreifen. Das ist uns bei den ahnungslosen Taliban-Kämpfern in deren Territorium auch gelungen, oder?"*

*s. KOMMANDO ZERO Band 1: Mission Kabul

„Schon", mischte sich Heller jetzt ein. „Aber im Gegensatz zu den Taliban sind die Russen und Tschetschenen keine Fanatiker, sondern eiskalte Taktiker und Killer. Da müssen wir doppelt vorsichtig sein."

„Trotzdem wird es darauf hinauslaufen, dass wir eingreifen müssen, David", gab Hans de Groot zu bedenken. „Unser Auftrag lautet, das blutige Treiben von Oberst Petrov und seiner Söldnertruppe zu unterbinden, und je früher wir das tun, umso besser ist es."

„Das weiß ich, Hans", antwortete Heller. „Risiko gehört zu unserem Job mit dazu. Deshalb brechen wir jetzt sofort auf. Wir fahren zunächst erst einmal zu der Stelle, wo die Hinrichtung stattgefunden hat. Evelyn und Patrick, bringt uns dorthin. Alles klar?"

Alle gaben mit einem kurzen Nicken zu verstehen, dass sie bereit für den nächsten Einsatz waren. Knapp zehn Minuten später verließen die drei Geländewagen den abgelegenen Bauernhof.

*

16. April 2022
Irgendwo nordöstlich von Mariupol
Gegen 1:00 Uhr in der Nacht

Zum Glück waren in dem Augenblick graue Wolken aufgezogen und verbargen größtenteils des helle Licht des Vollmondes, als die Mitglieder von *Kommando ZERO* sich auf den Weg machten. Sanfte Hügel, die von einzelnen kleinen Baumgruppen unterbrochen wurden, wechselten sich ab mit schroffen Felsen, die durch Wind und Wetter über viele Jahrhunderte geformt worden waren und ein bizarres Aussehen angenommen hatten. Unter Umständen wäre das in Friedenszeiten ein interessanter Anblick gewesen, aber im Ostteil der Ukraine war nichts mehr so wie es die Menschen dort gekannt hatte. Der Krieg hatte an vielen Stellen deutliche Spuren hinterlassen und Schneisen der Verwüstung an einst friedlichen Orten hinterlassen.

Schließlich stoppten die drei Fahrzeuge unweit der Stelle, an der nach Johnsons und Evelyns Beschreibung die Erschießungen stattgefunden hatten. Während Becaud und Taylor die nähere Umgebung sicherten, suchten sie nach der Stelle, wo Petrovs Killer die Menschen erschossen und begraben hatten. Einige Minuten später fanden sie die betreffende Stelle.

Aber nicht nur das löste Wut in den Teammitgliedern aus, sondern auch noch die schockierende Überraschung, dass noch weitere Menschen hier den Tod gefunden hatten und verscharrt worden waren. Ben Cutler war es, der die betreffende Stelle fand, und das nur durch einen dummen Zufall. Er hatte den Drang verspürt, sich zu erleichtern und war kurz in die Büsche gegangen. Dabei hatte er etwas entdeckt, was ihn neugierig machte. Nur wenige Meter entfernt befand sich eine Erhebung im Boden, die nicht natürlichen Ursprung war. Es sah so aus, als wenn jemand dort nachträglich sehr viel Erde bewegt und genau an dieser Stelle aufgehäuft hatte.

„Hierher!", rief Cutler seinen Kameraden zu. „Schnell!"

David Heller und Leo Pieringer waren die ersten, die die Büsche erreichten. Sie hatten ihre Waffen in den Händen, weil sie im ersten Moment dachten, dass Cutler in Gefahr war. Aber sie entdeckten nur ihn, der wortlos auf diesen Erdhügel zeigte.

„Das sieht aus wie …" Cutler brach ab, weil er in diesen Sekunden nicht die richtigen Worte fand. „Ich hoffe, ich habe mich getäuscht", fuhr er dann nach einigen Sekunden fort. „Aber ich glaube das nicht. Wir sollten hier nachsehen."

Pieringer verlor keine unnötigen Worte, weil er bereits ahnte, was Cutler mit seinen Worten hatte andeuten wollen. Er und Heller holten Schaufeln aus den Fahrzeugen und fingen zu graben an. Cutler half ihnen dabei, und bald darauf gab der Erdhügel sein erschreckendes Geheimnis preis.

Sie legten den Arm einer Leiche frei und gruben weiter. Ein penetranter süßlicher Geruch breitete sich aus. Es war die Leiche eines jungen Mannes, vielleicht Ende Zwanzig, und die Zeichen der Verwesung waren unübersehbar. Es war nicht der einzige Tote, den sie hier fanden. Sie entdeckten noch die Leichen von vier weiteren Menschen, und das deutete auf ein Massengrab hin.

„Diese verdammten Bastarde!", entfuhr es Pieringer, der die Schaufel hinwarf und wütend beide Fäuste ballte. „Hier wurden noch mehr Zivilisten umgebracht und verscharrt. David", wandte er sich nun an Heller. „Das sind keine Menschen, die sowas tun. Etwas in der Art habe ich bisher nur in Afrika erlebt. Aber hier …?" Er schüttelte einfach nur den Kopf darüber.

„Wir können jetzt und hier nichts mehr tun", sagte Heller mit gepresster Stimme. „Aber wir greifen sie uns. Das verspreche ich euch. Petrov wird nicht damit rechnen, dass er und seine tschetschenischen Mörder Verfolger auf der Fährte haben. Sie fühlen sich sicher, und das ist unser Vorteil. Nutzen wir das!"

Sie schütteten das Grab an der Stelle wieder zu, an der sie die Leichen teilweise freigelegt hatten und kehrten zurück zu den Fahrzeugen. Sie entdeckten Reifenspuren von mehreren großen Fahrzeugen, die weiter in Richtung Nordosten führten, und diesen Spuren würden sie jetzt folgen.

Kapitel 3
Ein entscheidender Hinweis

16. April 2022
40 Kilometer nordöstlich von Mariupol
In der Nähe der russischen Grenze
Am frühen Morgen gegen 7:00 Uhr

Keiner der ukrainischen Gefangenen hatte während der vergangenen Nacht geschlafen. Insbesondere nicht ab dem Moment, an dem ihre Entführer eine kurze Pause vor einem Wäldchen eingelegt hatten. Aber nicht, um den Männern, Frauen und Kindern etwas Ruhe zu gönnen, sondern um etwas zu tun, was von Anfang an bereits beschlossene Sache war.

Ana Koval hatte die Tränen nicht mehr zurückhalten können, als man sie und alle anderen Menschen gezwungen hatte, auszusteigen und dann einer grausamen Hinrichtung beizuwohnen, die so kalt und gefühllos ablief, dass man glauben konnte, die getöteten Ukrainer seien gar keine Menschen, sondern nur lästiges Ungeziefer, das man einfach nur vernichten musste.

Das Töten der Männer und Frauen hatte noch nicht einmal eine Minute gedauert. Dann waren die Toten hastig verscharrt und die Überlebenden wieder zurück zu den Wagen dirigiert worden. Seitdem herrschte Stille in dem Wagen, in dem Ana und ihre Leidensgenossen aus dem Kellergewölbe saßen. Kaum einer sagte ein Wort, und die meisten hingen ihren eigenen Gedanken nach. Ihre Blicke spiegelten all das Leid wider, das sie bereits erfahren hatten und das sich bestimmt noch fortsetzen würden, wenn sie erst ihren Bestimmungsort erreicht hatten.

„Wir müssen fliehen, bevor wir die Grenze erreicht haben", sagte Elizaveta Melnik so leise, dass es nur Ana hören konnte. „Wenn wir erst auf russischem Gebiet sind, haben wir keine Chance mehr."

„Und wie willst du das anstellen?", entgegnete Ana. „Du kannst nicht einfach aus dem Wagen springen und davonlaufen. Sie werden dich sehen und niederschießen. Glaub ja nicht, dass irgendeiner von diesen Bastarden Rücksicht auf dich nimmt, weil du eine Frau bist."

„Aber wir können doch nicht einfach …?", wollte Elizaveta erwidern. Aber dann stockte ihre Stimme, weil der Wagen auf einmal anhielt. Die Menschen blickten sich ängstlich an, weil sie nun befürchteten, dass ihr Leben jeden Moment enden und es weitere Erschießungen geben würde.

Wenige Sekunden später machte sich jemand an der hinteren Tür des Transportwagens zu schaffen und öffnete sie. Es war einer der tschetschenischen Söldner, der grinste, als er ihnen mit vorgehaltener Kalaschnikow andeutete, auszusteigen. Als die zehnjährige Milana das sah, fing sie wieder an zu weinen, und Darja, eine der gefangenen Frauen, musste das Mädchen rasch beruhigen, denn der Tschetschene ließ mit seinen Blicken und Gesten keinen Zweifel daran, dass er Milana sofort erschießen würde, wenn sie nicht aufhörte, zu weinen.

Wahrscheinlich hatte Milana trotz ihrer jungen Jahre den Ernst der Situation erkannt, und das Schluchzen verstummte abrupt. Dann leistete sie dem Befehl Folge, ließ aber Darjas Hand nicht los, weil ihr das wenigstens die Illusion von Schutz gab.

Der Tschetschene hatte noch zwei weitere Landsmänner bei sich, die ebenfalls mit ihren Waffen auf die Gefangenen zielten. Es war eine drohende Atmosphäre, die sehr schnell in Gewalt ausarten konnte, wenn die ukrainischen Männer, Frauen und Kinder nicht sofort gehorchten.

Jetzt sahen sie zum ersten Mal auch andere Gefangene, die verschleppt worden waren. Zu den Fahrzeugen waren weitere hinzugestoßen. Die Russen schienen aus einer anderen Richtung gekommen zu sein, um sich hier mit ihren Kameraden und den übrigen Gefangenen zu einem größeren Trupp zusammenzuschließen.

„Das sind zehn Fahrzeuge", sagte Maksym Kravchuk, ein vierzigjähriger Tischler, dessen Werkstatt durch eine Bombe getroffen und so schwer in Mitleidenschaft gezogen worden war, dass er seinen Beruf nicht weiter ausüben konnte. Das war vor knapp vier Wochen gewesen, und seitdem war jeder weitere Tag zu einem nicht enden wollenden Albtraum geworden.

„Sie werden uns in eines ihrer Lager auf der russischen Seite bringen", sagte Yegor Mazur, dem der kleine Lebensmittelladen unweit von Kravchuks Tischlerei gehört hatte. Das Haus, in dem sich der Laden befand, stand zwar noch, aber die Russen hatten alles geplündert und mitgenommen, was nicht niet- und nagelfest gewesen war. Mazur hatte man mit vorgehaltenen Waffen aufgefordert, mitzukommen, und seitdem war auch sein Schicksal äußerst ungewiss. So war es auch Kristina Kulyk und Viktorija Vasilenko ergangen, die in derselben Straße gelebt hatten. Die Soldaten und tschetschenischen Söldner hatten sie aufgegriffen, als sie verzweifelt Ausschau nach einem schützenden Versteck gesucht hatten.

„Das sind bestimmt Todeslager", mutmaßte der fünfundsiebzigjährige Nazar Rudenko. „Es wird werden wie bei den Deutschen damals in Auschwitz. Sie bringen uns einfach um. Wir werden unsere Heimat niemals wiedersehen."

„Sei still, Alter!", wies ihn Kravchuk zurecht. „Siehst du nicht, dass die Kinder deine Worte hören und jetzt noch mehr Angst bekommen? Halte den Mund, verdammt!"

Rudenko zuckte bei diesen Worten zusammen, tat dann aber doch, was Kravchuk ihm gesagt hatte. Er war verzweifelt und haderte mit seinem eigenen Schicksal. Wahrscheinlich, weil er Menschen in seiner Familie gekannt hatte, die das dunkle Kapitel in der deutschen Geschichte miterlebt hatten. Niemand wusste das, und Rudenko hatte auch nie davon gesprochen. Aber was jetzt gerade geschah, musste etwas in ihm ausgelöst haben, das ihn fast an den Rand einer Panik brachte. Er zitterte am ganzen Körper, und feine Schweißperlen hatten sich auf seiner Stirn gebildet.

Inzwischen waren auch alle anderen Gefangenen ausgestiegen und mussten auf der Wiese stehenbleiben, umringt von bewaffneten russischen Soldaten und tschetschenischen Söldnern. Mitleidlose Blicke richteten sich auf die Gefangenen. Würden sie jetzt alle erschossen und anschließend in einem Massengrab verscharrt werden?

Ein Offizier trat nach vorn. Er trug die Uniform eines russischen Oberst und hatte die Hände vor der Brust verschränkt. Neben ihm stand ein Leutnant, der ebenfalls die Gefangenen beobachtet und dann etwas mit leiser Stimme zu dem Oberst sagte. Der nickte nur und richtete anschließend das Wort an die Männer, Frauen und Kinder.

„Ich bin Oberst Alexej Petrov", begann er seine Ansprache. „Wir bringen euch jetzt nach Russland, wo ihr so lange bleiben werdet, bis dieser Hund von einem ukrainischen Präsidenten mitsamt seiner Regierungselite vom Erdboden getilgt ist. Dann könnt ihr wieder in euer Land zurückkehren, das von diesem Zeitpunkt an zu Russland gehören wird. Niemandem wird etwas geschehen, wenn ihr das tut, was man euch sagt. Wenn ihr die russische Staatsbürgerschaft annehmen wollt, dann könnt ihr das tun. Ihr werdet dann den Schutz des russischen Staates bekommen und damit auch einige Vorteile haben."

Er blickte erwartungsvoll in die Runde und hoffte wohl darauf, dass einer von den Gefangenen etwas dazu sagte. Aber sie schwiegen alle, vermutlich aus Angst und Entsetzen über das, was sie vielleicht erwartete. Denn niemand von den Ukrainern hatte jemals wieder etwas von den Menschen gehört, die von den Russen verschleppt worden und vermutlich getötet worden waren. Was die Wahrheit war, würden sie vermutlich bald am eigenen Leib erfahren.

„Es gibt verschiedene Orte in Russland, an denen ihr auf eure zukünftigen Aufgaben vorbereitet werdet", fuhr Oberst Petrov fort. „Dazu ist es aber notwendig, dass ihr jetzt neu aufgeteilt werdet. Familien bleiben vorerst zusammen. Leutnant Sorokin – nun sind Sie an der Reihe."

Der Leutnant mit dem brutal wirkenden Gesicht trat jetzt nach vorn und ließ seine Blicke über die knapp achtzig Gefangenen streichen. Er lächelte, aber seine Augen blieben völlig gefühllos.

„Verheiratete Paare mit Kindern – tretet nach rechts!", erklang sein Befehl. Es vergingen nur wenige Sekunden, bis die Angesprochenen diesem Befehl Folge leisteten. Dabei waren immer wieder Waffen auf sie gerichtet, um ihnen zu verdeutlichen, wer hier das Sagen hatte. Es waren zwölf Ehepaare mit Kindern, die von den Soldaten sofort zu zwei Fahrzeugen dirigiert wurden. Sie mussten rasch einsteigen. Anschließend wurden die Türen sofort wieder geschlossen, und der Wagen setzte sich wenige Sekunden später bereits in Bewegung.

„Frauen und elternlose Kinder – vortreten!", lautete der nächste Befehl des Leutnants, und auch der musste so schnell wie möglich befolgt werden. Ana und Elizabeta fügten sich ohne weitere Worte und nahmen die Kinder zu sich, die mit ihnen im Kellergewölbe gewesen waren. Darja hielt immer noch Milanas Hand fest. Auch wenn das die Soldaten bestimmt sahen, so schritt keiner von ihnen ein. Zumindest das war ein gutes Zeichen. Aber wie die ganze Sache enden würde, wusste keiner der Gefangenen.

„Ihr steigt in die drei Fahrzeuge dort rechts!", lautete der nächste Befehl des Leutnants. „Beeilt euch!"

Die zurückgebliebenen Männer mussten fassungslos zusehen, wie die Frauen und Kinder zu den Fahrzeugen gebracht wurden. Einer der Männer, es war Maksym Kravchuk, wollte die rechte Hand heben und den Frauen noch einmal hinterherwinken und ihnen etwas zurufen. Aber dieser Versuch wurde bereits im Ansatz unterbunden, denn ein tschetschenischer Söldner hatte das bemerkt, war einen Schritt nach vorn getreten und verpasste Kravchuk jetzt einen Stoß mit dem Kolben seiner Kalaschnikow.

Kravchuk ging in die Knie und stöhnte. Er hatte Mühe, sich wieder zu erheben, hatte aber auch größere Angst davor, was mit ihm geschah, wenn er jetzt am Boden liegenblieb und Schwäche zeigte.

„Du sagst kein einziges Wort mehr", sagte Sorokin zu Kravchuk. „Hast du das verstanden?"

Kravchuk nickte kurz und wich dem strengen Blick des Leutnants dabei aus. Währenddessen setzten sich drei weitere Fahrzeuge in Bewegung. Fünf weitere Geländewagen der russischen Armee blieben zurück, und somit bestand begründete Hoffnung für die restlichen Gefangenen, dass sie ebenfalls an einen anderen Ort gebracht werden würden. Mit größter Wahrscheinlichkeit würde man auch sie über die Grenze bringen und dort in einem Lager internieren. Mit welchem Ziel diese Maßnahmen stattfanden, wusste niemand von ihnen.

Vielleicht hatte der alte Nazar Rudenko mit seiner Vermutung wirklich richtig gelegen. Aber das würden sie sehr bald erfahren, denn die Grenze zu Russland war nicht mehr weit entfernt.

Leutnant Sorokin und Oberst Petrov warteten noch so lange, bis die Hälfte der Fahrzeuge gestartet war. Für einen Moment herrschte beklemmende Stille, nachdem die Motorengräusche der Geländewagen in der Ferne abgeklungen waren. Dann ergriff der Oberst wieder das Wort, und seine Stimme klang so gehässig, dass kein Zweifel mehr darin bestand, was er wirklich beabsichtigte.

„Unser Präsident hat entschieden, den Osten der Ukraine ins russische Reich zu integrieren", sagte er und grinste, als er die erschrockenen Blicke der Gefangenen bemerkte. „Ihr hatte Zeit genug, um uns bei dieser Entscheidung zu unterstützen und zu begreifen, dass dieses Land nur eine Zukunft haben wird, wenn die Ukraine ihre Souveränität aufgibt. Aber dieser gottverdammte Schauspieler wird immer noch vom Westen unterstützt und hetzt euch alle gegen uns auf. Mit Russland wart ihr über Jahrzehnte verbunden, aber nicht mit dem Westen oder gar der NATO. Diese Kriegstreiber werden es büßen müssen, was sie getan haben. Wir verteidigen nur ein Territorium, das einst zu uns gehörte und es bald wieder sein wird. Nicht mehr und nicht weniger."

Ausgerechnet der alte Nazar Rudenko war es, der jetzt über seinen Schatten sprang und es wagte, etwas zu sagen. Er wusste zwar, was das für ihn bedeutete, aber er konnte und wollte nicht länger diese Worte ertragen, die nichts anderes beinhalteten als die Doktrin des russischen Präsidenten.

„Ich bin stolz auf mein Land und den Weg, den die Ukraine geht", sagte er so laut und deutlich, dass es jeder hören konnte. „Wir werden diesen Krieg gewinnen, und dann wird es euer Präsident sein, der sich ergeben muss. Auch wenn ich diesen Tag nicht mehr erlebe, so bete ich dennoch zu Gott, dass sich das bald erfüllen wird!"

Oberst Petrovs Augen richteten sich auf den alten Mann. Zuerst sagte er gar nichts, aber sein Blick ließ keinen Zweifel daran, was er beabsichtigte, jetzt zu tun. Er zog einfach seine Pistole aus dem Holster am Gürtel, richtete den Lauf auf den Kopf des alten Mannes und drückte ab. Der Schuss zerriss die Stille, und Nazar Rudenko wurde nach hinten gestoßen. Dabei prallte er gegen den Mann, der schräg hinter ihm stand und riss ihn fast mit zu Boden.

Entsetzt blickten die Männer auf Rudenko, den Oberst Petrov vor ihren Augen kaltblütig erschossen hatte. Er lachte sogar, als er auf den Toten am Boden blickte und wieder das Wort ergriff.

„Jeder ukrainische Mann ist ein Gegner Russlands", sagte er. „Wenn wir mit euch fertig sind, wird es niemanden mehr geben, der uns gefährlich werden kann. Und was eure Frauen angeht: Sie werden sehr schnell vergessen, dass ihr jemals existiert habt. Die Kinder werden wir zur Adoption freigeben, und so werden auch die letzten Wurzeln zu euch erlöschen. Erschießt diese Hunde!"

Petrovs Befehl löste blanke Furcht unter den ukrainischen Gefangenen aus. Auch wenn einige von ihnen befürchtet hatte, dass man auch sie umbringen würde, so war es dennoch ein Schock, diese brutalen und menschenverachtenden Worte aus dem Mund des russischen Oberst zu hören.

„Nein …", murmelte Maksym Kravchuk. Ein Gedanke jagte den anderen, als er sah, wie die russischen Soldaten und ihre tschetschenischen Kameraden nun die Kalaschnikows hochnahmen und auf die Ukrainer zielten. Er wollte nicht sterben, sondern rannte einfach los und versuchte, sein Leben zu retten.

Bruchteile von Sekunden später ertönte eine Salve von Schüssen. Kugeln schlugen in die Körper der Gefangenen ein und rissen sie nach hinten. Die meisten von ihnen waren schon tot, bevor sie auf dem harten Boden aufschlugen, und wer noch am Leben war, wurde mit gezielten Kopfschüssen getötet.

Leutnant Sorokin fluchte zum Gotterbarmen, als er sah, wie einer der Gefangenen einfach losrannte und zu entkommen versuchte. Ein russischer Soldat zielte auf ihn, drückte ab, aber er hatte nicht gut genug gezielt, weil Kravchuk im letzten Moment einen Haken geschlagen hatte. Ein zweiter Soldat zielte ebenfalls auf den Flüchtenden, drückte ab und jubelte, als er sah, wie der Ukrainer getroffen wurde und ins Stolpern geriet. Dennoch hinkte er weiter und versuchte, das nahe Wäldchen zu erreichen und dort Schutz zu suchen.

Oberst Petrov beendete schließlich die Flucht des Mannes mit einem gut gezielten Schuss. Kravchuk schrie ein letztes Mal auf, bevor er die Arme hochriss und dann stürzte.

„Ein guter Treffer, Oberst!", rief Leutnant Sorokin voller Überzeugung. „Meinen Glückwunsch."

„Sehen Sie nach, Leutnant", befahl Petrov. „Nur um ganz sicher zu sein."

„Zu Befehl!", rief Sorokin und rannte sofort los. Bis zu der Stelle, wo Kravchuk lag, waren es knapp fünfzig Meter. Sorokin rannte los, erreichte den Mann, den Oberst Petrov mit einem gezielten Schuss getötet hatte und sah das Blut, das aus einer Kopfwunde strömte. Petrov war ein guter Schütze, und das hatte er auch diesmal wieder sehr eindeutig unter Beweis gestellt.

Sorokin signalisierte dem Oberst mit gestrecktem Daumen, dass alles in Ordnung war und kehrte dann wieder zurück. Anschließend schaufelten die Soldaten ein weiteres großes Grab für die hingerichteten Ukrainer. Es war eine harte und anstrengende Arbeit, aber schließlich hatten sie auch das erledigt und anschließend Erde über die Leichen gehäuft. Kravchuk ließen sie jedoch einfach an der Stelle liegen, wo er zusammengebrochen war.

Dann setzten Oberst Petrov und seine Soldaten den Weg zur Grenze fort. Für Petrov war alles nach Plan gelaufen und die Mission überaus erfolgreich vonstattengegangen. Erneut war es seiner Truppe gelungen, Menschen zu verschleppen und widerspenstige ukrainische Rebellen zu töten. Er wusste, dass auch andere Truppenteile der russischen Armee so hart und kompromisslos gegen die Bevölkerung vorgingen, aber er war bis jetzt derjenige gewesen, der diese Aktion am schnellsten und erfolgreichsten umgesetzt hatte. Deshalb kannte man auch seinen Namen in der obersten Heeresleitung und möglicherweise auch im Kreml in Moskau.

Petrov war jedenfalls überzeugt davon, dass seine Karriere nach Ende dieses Feldzuges einen deutlichen Sprung machen würde. Bessere Voraussetzungen gab es dafür nicht, und deshalb konnte er den Zeitpunkt kaum erwarten, an dem die glorreiche russische Armee der Ukraine endlich den längst fälligen Todesstoß versetzen würde.

Mit diesen Gedanken verließen er und seine Männer den Ort, an dem eine weitere schreckliche Hinrichtung stattgefunden hatte. Und wenn es nach Oberst Petrov ging, dann würde dies nicht die letzte gewesen sein! Er war sich jetzt schon absolut sicher, dass er und seine Soldaten schon bald wieder eine nächste, nicht minder erfolgreiche Mission ausführen würden. Zum Wohl Russlands und zum Nachteil der Ukraine, deren Präsident noch immer nicht begriffen hatte, dass der Wunsch sich niemals erfüllen würde, sowohl der NATO beizutreten als auch mit westlicher Unterstützung die russischen Truppen nach Osten zurückzudrängen. Präsident Putins Politik hatte für eine Zeitenwende gesorgt, und diese würde sich nicht mehr verändern.

*

16. April 2022
40 Kilometer nordöstlich von Mariupol
In der Nähe der russischen Grenze
Am Vormittag gegen 11:00 Uhr

Maxym Kravchuk wusste im ersten Moment nicht, wo er sich befand, als er die Augen öffnete oder es zumindest versuchte. Das rechte Auge ließ sich nicht ganz öffnen, und als er die rechte Hand hob und darüber zu wischen versuchte, spürte er etwas Klebriges an seinen Fingerspitzen.

Von seinem Rücken ging eine unbeschreibliche Hitze aus, die mittlerweile den gesamten Körper erfasst hatte. Die Schmerzen wurden immer stärker, und die Panik wuchs, als er auf einmal registrierte, dass er seine Beine nicht mehr bewegen konnte. Dann kehrten die schrecklichen Bilder wieder zurück und machten ihm klar, in welch aussichtsloser Lage er sich befand.

Hatte die Kugel im Rücken Teile seines Körpers gelähmt? Was dies bedeutete, wusste er, und ihm wurde klar, dass er keine Chance mehr hatte. Da spielte es auch keine Rolle mehr, dass er immer noch am Leben war. Seine Kräfte schwanden zusehends, und bald würde der Moment kommen, an dem er sich gar nicht mehr bewegen konnte und die Schmerzen alles andere überlagerten. Das war denn auch der Zeitpunkt, wo er sterben würde.

Kravchuk stöhnte, als er auf einmal verwirrende Bilder sah, die er nicht richtig zuordnen konnte. Er sah seine Tischlerwerkstatt, als das Haus noch nicht von Bomben getroffen worden war und er mit seiner Hände Arbeit genügend Geld verdient hatte, dass er davon leben konnte. Dann hatte die Invasion der Russen alles zunichtegemacht und alle Träume von einem sorglosen Leben zerstört. Und jetzt lag er hilflos weit abseits jeglicher Ansiedlungen und wartete nur noch auf den Tod!

Die Flut der Bilder vor seinen Augen intensivierte sich noch, ebenso die Schmerzen, die ihn laut stöhnen ließen. Aber das hörte niemand. Er war allein in den letzten Minuten seines Lebens und musste eben akzeptieren, dass das Schicksal diese Entscheidung getroffen hatte.

Auf einmal glaubte er etwas zu hören, was nicht ganz zu den Bildern und den Erinnerungen passte, die er jetzt sah. Dann wurde ihm klar, dass es tatsächlich Motorengeräusche waren, die sich der Stelle näherten, an der er lag. Angst packte ihn bei dem Gedanken, dass seine Mörder wieder zurückgekommen waren. Wollten sie ihn so kurz vor seinem Tod noch einmal quälen?

Er hörte, wie die Wagen zum Stehen kamen und Menschen ausstiegen. Dann hörte er Stimmen. Aber das war nicht Russisch, das er hörte. Wer waren diese Menschen?

Kravchuk stöhnte, in der Hoffnung, dass man das hörte. Und genauso war es auch. Jemand beugte sich über ihn. Es war eine Frau mit blonden Haaren, und neben ihr standen zwei weitere Männer. Einer in Kravchuks Alter, und der zweite war ein paar Jahre jünger, aber breitschultrig und muskulös. Die Frau sagte etwas zu den beiden anderen Männern, und Kravchuk wurde bewusst, dass sie sich auf Deutsch unterhielten. Er kannte aber nur wenige Worte in dieser Sprache, so dass er nicht wusste, über was sie sich genau unterhielten. Wichtig war nur, dass es keine Russen waren.

„Hilfe", murmelte Kravchuk auf Russisch, als die Schmerzen jetzt stärker wurden. „Ich sterbe ..." Er hoffte, dass man verstand, was er gerade gesagt hatte, schloss dann aber aus den ersten Blicken der Frau und der beiden Männer, dass es für ihn keine Chance mehr gab.

„Was ist passiert?", sprach ihn die Frau tatsächlich auf Russisch an. „Waren das Petrov und seine Mördertruppe?"

„Ja", stieß Kravchuk mit großer Anstrengung hervor. „Sie wollen ... die Frauen und Kinder ... nach Russland bringen. Die Männer ... haben sie alle erschossen."

Jemand rief etwas aus einiger Entfernung, aber das nahm Kravchuk nur ganz leise wahr, weil seine Sinne nicht mehr alles registrieren konnten. Die brennende Hitze in seinem Körper war jetzt stark, dass er glaubte, bei lebendigem Leib verbrennen zu müssen. Er rang verzweifelt nach Luft und begann zu husten. Blut trat über seine Lippen, aber das merkte er nicht.

„Wie viele sind es gewesen?", wollte die Frau nun wissen, nachdem sie kurz mit einem ihrer Kameraden gesprochen hatte. „In welche Richtung sind die gefahren?"

„Nordosten", sagte Kravchuk mit letzter Kraft. „Ihr ... ihr müsst sie ... aufhalten, sonst ..." Mehr konnte er nicht mehr sagen, denn in diesen letzten Sekunden seines Lebens war er selbst zum Reden zu schwach geworden. Sein Kopf fiel zur Seite, und sein Atem erlosch.

*

Evelyn Berg blickte sehr nachdenklich zu David Heller und Leo Pieringer, nachdem der Ukrainer seinen Verletzungen erlegen war. Sie wussten nicht, wer er war und von wo er genau stammte, aber das, was er ihnen noch hatte sagen können, war Grund zur Sorge.

„Wir sind noch auf der richtigen Spur", meinte Heller und blickte hinüber zu den übrigen Kameraden, die offensichtlich ein weiteres Massengrab entdeckt hatten. Becauds Geste war eindeutig genug, um daraus die richtigen Schlussfolgerungen zu ziehen.

„Wir sollten uns beeilen, um sie noch einzuholen", schlug Pieringer vor. „Wenn sie erst die Grenze überschritten haben, dann gibt es keine Chance mehr für uns."

„Wir lassen sie nicht ungestraft entkommen", antwortete Heller nach kurzem Überlegen. „Was wir bis jetzt herausgefunden haben, ist eindeutig. Die männlichen verschleppten Ukrainer werden auf dem Weg zur Grenze kaltblütig erschossen, und die Frauen und Kinder wird man in Lager bringen. Und wenn es stimmt, was wir gehört haben, dann wird man die Kinder in andere Familien geben und sie dazu bringen, ihre eigene Vergangenheit zu vergessen. So kann man ein Land auch in die Knie zwingen!"

Seine letzten Worte spiegelten die Wut wider, die ihn gepackt hatte, als er sich vorstellte, welches Leid die Betroffenen bisher hatten erdulden müssen. Aber dieser lange Leidensweg war noch lange nicht zu Ende und der Ausgang ungewiss.

„Das Mindeste, was wir tun sollten, ist diesen armen Kerl wenigstens ordentlich zu begraben", riss ihn Evelyns Stimme aus seinen Gedanken. „Auf diese halbe Stunde kommt es jetzt auch nicht mehr an.

„Gut, bringen wir es hinter uns", stimmte ihr Heller zu und winkte Bill Taylor, Marcel Becaud und Ben Cutler zu sich. Er selbst holte ebenfalls eine Schaufel aus dem Wagen und packte mit an. Er bemerkte, wie Hans de Groot seinen Laptop herausgeholt hatte und ihn offensichtlich zu aktivieren versuchte. Als er bemerkte, wie aufgeregt der Niederländer auf einmal war, konnte dies nichts anderes bedeuten, als dass es ihm tatsächlich gelungen war, einen mobilen Zugangspunkt zu finden. Vermutlich lag es daran, dass die Grenze zu Russland nicht mehr weit entfernt war.

Maria Hernandez, Sylvie Durand und Patrick Johnson standen bei ihm und verfolgten mit Interesse, wie sich de Groot bemühte, eine Verbindung zu bekommen, und genau das schien ihm jetzt gelungen zu sein. Genau in dem Augenblick, als Heller und die übrigen Teammitglieder ihre traurige Arbeit beendet hatten und nun ebenfalls wieder zu den Fahrzeugen zurückkehrten.

„Die Verbindung steht!", stieß de Groot erleichtert hervor. „Da gibt es einige Mails aus Kiew, die wir uns anschauen sollten. Vielleicht sind da wichtige Informationen dabei, die uns weiterhelfen."

„Dann schau nach, Hans", forderte ihn Heller auf.

De Groot tat das und las die eingetroffenen Mails. Im Grunde genommen waren diese Nachrichten die Bestätigung für alles, was die Mitglieder von *Kommando ZERO* bereits vermutet hatten.

„Wir müssen versuchen, Petrov noch vor der russischen Grenze zu stoppen", meinte de Groot. „Wenn wir das vorher nicht schaffen, bleibt uns nur die Chance, in russisches Gebiet einzudringen – und wenn man uns da erwischt, muss ich euch nicht sagen, was das bedeutet, oder?"

„Nein, das musst du nicht, Hans", meinte Pieringer. „Aber sollen wir Petrov etwas davonkommen lassen? Nach den Massakern, die er und seine Männer begangen haben, wird es Zeit, dass diese Schweinehunde endlich ihre Quittung dafür unterhalten."

„Sie können nicht mehr weit entfernt sein", fügte Evelyn Berg hinzu. „Höchstens eine Stunde. Aber es reicht aus, um die russische Grenze zu erreichen, bevor wir sie eingeholt haben. Und was machen wir dann?"

„Wir haben einen Auftrag erhalten, den wir ausführen sollen", sprach Heller schließlich das aus, was auch die anderen Teammitglieder dachten. „Die Grenze wird uns nicht daran hindern. Ich denke, wir sollten die Drohne endlich einsetzen, Hans."

„Jetzt, wo ich den Flug wieder online verfolgen kann, ist das gar kein Problem", erwiderte de Groot. „Ich kümmere mich sofort darum."

Mit diesen Worten ging zur zu dem Geländewagen, in dem er gesessen hatte und öffnete dort die hintere Tür. Dort holte er eine Drohne heraus, die Deutschland erst vor zwei Monaten zusammen mit anderen Waffen an die Ukraine geliefert hatte. Es handelte sich um eine kleine Drohne vom Typ MIKADO, die ursprünglich über eine Reichweite von 1.000 Metern verfügte, aber das Einzige war, was man in dieser kurzen Zeit hatte organisieren können.

Diese Drohne mit der Bezeichnung AirRobot AR 100-B war ein mit Elektromotoren angetriebener Quadrocopter mit einem Durchmesser von einem Meter. Die Mikrodrohne konnte mit unterschiedlichen Sensoren als Nutzlast ausgestattet werden.

Das System war für Einsätze in bebautem oder schwer zugänglichem Gelände geeignet. Sein Aufgabenspektrum umfasste sowohl militärische als auch zivile Aufgaben, zum Beispiel bei Polizei oder Feuerwehr. Die Drohne konnte von einem Bodensegment aus durch einen einzelnen Bediener gehandhabt und eingesetzt werden. Die Flugsteuerung erfolgte unter Zuhilfenahme eines PC oder einer Videobrille. Die Schwebeposition konnte autonom durch GPS- oder optische Fixierung gehalten werden. Oder kurz gesagt: Dieses Modell ließ sich ohne Probleme von einem funktionstüchtigen und mit entsprechendem Datenvolumen ausgestatteten Laptop steuern.

„Das Internet ist stabil", sagte de Groot mit sichtlicher Erleichterung, während er an seinem Laptop entsprechende Programmierungen durchführte und eine Verbindung mit der MIKADO-Drohne herstellte. Um Risiken auszuschließen, hatte der Niederländer sich die Drohne noch vorgenommen und versucht, das Betriebsgeräusch zu minimieren. Er hatte dazu einige Tests durchgeführt und war mit dem Ergebnis mehr als zufrieden. Jetzt konnte die Drohne endlich zum Einsatz kommen. Die Ingenieure und Entwickler des deutschen Herstellers wären vermutlich sehr in Grübeln gekommen, wenn sie gewusst hätte, dass de Groot auch noch andere Funktionen der Drohne optimiert hatte. Sie verfügte jetzt über eine fast doppelte Reichweite

De Groot war so auf die Vorbereitungen konzentriert, dass er gar nicht bemerkte, dass sich die Männer und Frauen dieses Teams ein kurzes Lächeln trotz der angespannten Situation nicht verkneifen konnten. Er betrachtete die Drohne und sein Laptop als persönliches Spielzeug, das er jetzt endlich zum Einsatz bringen konnte.

„So, das wäre es dann", sagte de Groot mit stolzer Stimme. „Die MIKADO ist jetzt einsatzbereit."

„Sehr gut", lobte ihn Heller. „Dann schick sie auf die Reise, und wir sehen zu, dass wir weiterkommen. Steigt in die Fahrzeuge!"

Wenige Augenblicke später stieg die Drohne hinauf zum Himmel, und die drei Fahrzeuge setzten sich in Bewegung.

Kapitel 4
Der Hinterhalt

16. April 2022
An der russischen Grenze
Am Nachmittag gegen 14:30 Uhr

Oberst Alexej Petrov spürte, dass die Anspannung der letzten zwei Tage deutlich von ihm wich, je näher er und seine Soldaten auf die Grenze zufuhren. Eigentlich gab es gar keinen Grund zur Sorge, denn die Ost-Ukraine mit den Regionen Cherson, Saporischja, Donezk, Charkiw und Luhansk waren bereits unter russischer Kontrolle. Auch wenn sich die ukrainische Armee mit den Russen immer wieder Kämpfe am Rande dieser Region lieferte, so war eine Rückeroberung nicht mehr möglich.

Putins Armee war nicht nur gekommen, um Krieg zu führen, sondern auch die Teile der Ukraine endlich wieder Russland anzugliedern. Dadurch wurden die bisherigen Staatsgrenzen für immer verschoben, und jeder, der glaubte, das könne sich noch ändern, wenn die Ukraine nur genügend Waffen, Logistik und sonstiges Kriegsmaterial vom Westen erhielt, der täuschte sich gewaltig. Vielmehr warte man in Moskau nur darauf, dass Deutschland oder andere europäische Länder Taurus-Raketen in die Ukraine lieferten, mit denen man auch Moskau angreifen konnte. In dem Fall waren diese europäischen Länder automatisch Kriegsparteien, und das bedeutete wiederum, dass Russland auch mit diesen Ländern Krieg führen würde.

Petrov war ein Offizier alter Schule, der vor Beginn des Ukraine-Krieges auch an anderen Krisenherden der Welt im Einsatz gewesen war. Er war ein absolut linientreuer Offizier und akzeptierte jede Entscheidung und jeden Befehl des russischen Präsidenten. Das galt auch für Leutnant Pjotr Sorokin, der diese Leitlinie ebenfalls befolgte.

Zwei Kilometer vor der Grenze erreichten sie den ersten Kontrollpunkt. Man hatte an der Straße zwei Panzer postiert, und auf der anderen Seite waren zwei Geländewagen geparkt. Die Soldaten waren schwer bewaffnet. Aber man konnte Petrov und kontrollierte ihn deswegen nicht mehr. Er und die anderen Fahrzeuge durften weiter zur Grenze fahren, und nur knapp zehn Minuten später erreichten sie den zweiten Kontrollpunkt. Auch hier gab es keinerlei Beanstandungen. Lediglich ein bärtiger Hauptmann ging kurz zur Beifahrerseite und signalisierte Petrov, dass er mit ihm sprechen müsse. Der öffnete daraufhin die Tür und signalisierte dem Fahrer, den Motor abzustellen.

„Was ist?", fragte er den Hauptmann ungeduldig. „Sie wissen doch, wer ich bin, oder?"

„Selbstverständlich", beeilte sich der Hauptmann zu sagen. Er kannte Petrov zur Genüge und wusste, dass es für ihn unangenehm werden würde, wenn Petrov schlechte Laune hatte. „Aber ich bin beauftragt, Ihnen eine neue Order von der Heeresleitung mitzuteilen."

„Und die wäre?", fragte Petrov.

„Hier, lesen Sie selbst", erwiderte der Hauptmann und reichte dem Oberst einen Ausdruck der Mail, die er erst an diesem Morgen erhalten hatte. „Der Befehl lautet, uns die Gefangenen zu übergeben und mit Ihrer Einheit unverzüglich wieder nach Mariupol zurückzukehren. Im Zentrum der Stadt finden schwere Kämpfe statt, und man setzt jetzt auf die Unterstützung Ihrer Soldaten und der tschetschenischen Kämpfer."

Petrov erwiderte nicht gleich etwas darauf, weil er erst einmal selbst lesen wollte, was genau in der Mail stand. Er las den Inhalt sehr genau und nickte dann, bevor er sich wieder an den Hauptmann wandte.

„Ich nehme an, dass Sie und Ihre Leute dann die Gefangenen übernehmen, oder?"

„Ja", lautete dessen Antwort. „Wie viele sind es?"

„Dreißig", antwortete Petrov. „Nur Frauen und Kinder. Wir hatten auch männliche Ukrainer aufgegriffen, aber dieses Problem haben wir auf dem Weg hierher schnell und gründlich gelöst." Er grinste bei diesen Worten, und der Hauptmann begriff sofort, was ihm Petrov damit hatte sagen wollen.

„Wir kümmern uns darum, Oberst", versprach er ihm und winkte einige der Männer zu sich. „Holt die Frauen und Kinder raus und bringt sie ins Lager. Beeilt euch –

der Oberst muss so schnell wie möglich in Mariupol sein.
"

Die Soldaten wussten, dass Eile geboten war und führten diesen Befehl rasch aus. Keiner von ihnen nahm Rücksicht darauf, wie es den Frauen und Kindern ging. Mit wütenden Schreien und vorgehaltenen Kalaschnikows wurden sie gezwungen, rasch aus den Transportfahrzeugen zu steigen. Dann wurden sie abgeführt.

Petrov kümmerte sich nicht weiter darum. Er war froh, dass ihm jemand diese Arbeit abgenommen hatte und winkte jetzt Leutnant Sorokin wieder zu sich, der ihn fragend anschaute. Wahrscheinlich hatte er sich schon den Kopf darüber zerbrochen, aus welchem Grund die Gefangenen hier schon von den Grenzsoldaten übernommen und abgeführt wurden. Das erste Lager befand sich immerhin noch knapp zwei Kilometer hinter der nächsten Hügelkuppe. Von hier aus konnte man das noch nicht sehen.

„Wir haben einen neuen Auftrag bekommen, Leutnant", informierte er ihn. „Unsere Order lautet, wieder nach Mariupol zurückzukehren und unsere kämpfenden Truppen vor Ort zu unterstützen. Wir haben alle Freiheiten, das zu tun, was wir für richtig halten."

„Sehr gut", stimmte Sorokin sofort zu. „Der Kampf geht also in die entscheidende Phase."

„Richtig", erwiderte Petrov. „Und wir werden unseren Teil dazu beitragen." Er schaute dabei die tschetschenischen Soldaten an, die ebenfalls mitbekommen hatten, wie der neue Auftrag lautete. „Männer, ich erwarte von euch, dass ihr den Feind in seine Schranken verweist. Keine Gnade und kein Mitleid. Wer sich uns in den Weg stellt, wird getötet – und es ist mir völlig egal, ob es sich dabei auch um Frauen oder Kinder handelt. Wer eine Waffe auf uns richtet, muss damit rechnen, dass dies Konsequenzen hat. Noch irgendwelche Fragen?"

Keiner seiner Soldaten erwiderte etwas darauf. Aber ihre Blicke waren eindeutig. Sie freuten sich darauf, dass sie eine weitere Gelegenheit bekommen hatten, Blut zu vergießen. Einer der Tschetschenen hob seine Kalaschnikow hoch und stieß einen lauten Schrei aus. Seine Kameraden taten es ihm gleich. Jeder von ihnen war bereit, sein Leben zu opfern, wenn es die Situation verlangte.

Oberst Petrov grinste mit sichtlicher Zufriedenheit. Das waren die Männer, die er sich immer gewünscht hatte. Nun würden sie ein zweites Mal unter Beweis stellen können, dass sein Vertrauen in sie gerechtfertigt war. Die ukrainischen Soldaten, die zu diesem Zeitpunkt immer noch das Stadtzentrum verteidigten und deren Basis sich im Asowschen Stahlwerk befand, würden bald erkennen, dass ihre Chancen gleich Null waren. Petrov und seine Männer würden ihnen das auf sehr deutliche Weise zu verstehen geben.

„Fahren wir los!", befahl der Oberst, und die Männer gingen zurück zu ihren Fahrzeugen. Wenige Augenblicke später setzte sich der Konvoi der Geländefahrzeuge wieder in Bewegung. Das Ziel war Mariupol!

*

16. April 2022
An der russischen Grenze
Am Nachmittag gegen 15:00 Uhr

David Heller und sein Team befanden sich knapp zwei Kilometer von der Grenze zu Russland entfernt. Sie hatten verdammt viel Glück gehabt, dass sie nicht kontrolliert worden waren. Aber offensichtlich fühlten sich die russischen Invasoren in dieser Region so sicher, dass keiner auf den Gedanken kam, es könnte auch anders sein.

Heller hatte entschieden, dass sie diesmal kein Ausweichmanöver mehr fuhren, sondern den direkten Weg zur Grenze über eine Nebenstrecke wählten. Die Straße war zwar auch unbefestigt, aber wenigstens gab es hier keine großen Unebenheiten, so dass die Geländefahrzeuge rasch vorankamen.

Heller saß am Steuer des russischen URAL-Fahrzeuges, und Hans de Groot saß neben ihm und kontrollierte über sein Laptop die ganze Zeit über den Flug der von ihm upgedateten Drohne. Die Bilder, die die Drohne lieferte, waren klar und deutlich, und so konnte de Groot alles erkennen, was ihm und seinen Kameraden den aktuellen Stand der Dinge übermittelte.

„Warte mal", sagte de Groot. „Halte mal kurz an. Da tut sich irgendwas!"

Die Stimme des Niederländers klang besorgt, also hielt Heller das Fahrzeug an, und das galt auch für die nachfolgenden zwei Geländewagen.

„Was ist denn los?", fragte Evelyn Berg, die zusammen mit Leo Pieringer hinter Heller und de Groot saß. „Stimmt etwas nicht?"

„Das kann ich noch nicht genau sagen", erwiderte de Groot. „Lasst mir bitte mal einen Augenblick Zeit." Seine Stimme klang besorgt, und seine Kameraden wussten, was das bedeutete. De Groot musste etwas entdeckt haben, das ihm ganz und gar nicht gefiel. Er zoomte das Bild der Drohne größer und steuerte dann deren Kurs in einem Halbkreis. In einer Höhe, die sicherstellte, dass niemand etwas davon bemerkte.

„Die haben vor der Grenze angehalten", berichtete de Groot nun seinen Kameraden. „Da scheint es Gesprächsbedarf zu geben. Schaut mal, einer von denen steigt jetzt aus? Ist das Oberst Petrov?"

„Ja", bestätigte Heller, als er sich kurz davon überzeugte. Er hatte bereits vor Antritt dieser Mission ein Dossier über den russischen Offizier mit Foto erhalten. Dies war ihm von der ukrainischen Armee zur Verfügung gestellt worden, als er und sein Team in Kiew angekommen waren und Wagen mitsamt Waffen und Ausrüstung in Empfang genommen hatte. Zumindest in diesen Dingen war Verlass auf den ukrainischen Geheimdienst gewesen. „Er verhandelt gerade mit einem Offizier. Gibt es Unstimmigkeiten?"

„Wahrscheinlich, aber das werden wir gleich erfahren", erwiderte de Groot, während Evelyn und Pieringer ausstiegen, um die anderen Teammitglieder über den Stand der Dinge zu informieren. „Jetzt holen sie die Gefangenen aus den Wagen. Es sind alles Frauen und Kinder. Sie werden schon hier an der Grenze den Soldaten übergeben."

Hellers Miene nahm einen sehr ernsten Ausdruck an, weil ihm bewusst wurde, was das zu bedeuten hatte. Wenn die Frauen und Kinder jetzt die Grenze überschritten, dann hatten er und seine Leute keine Chance mehr, um etwas dagegen zu unternehmen. So gern er diese Menschen gerne aus ihrer Notlage gerettet hätte, so hielt er sich dennoch vor Augen, dass das jetzt nicht mehr möglich war. Eine militärische Aktion auf russischem Staatsgebiet hätte nur weitere diplomatische Probleme gebracht und unter Umständen noch weitere militärische Maßnahmen ausgelöst.

„Ich weiß, was du denkst, David", sagte de Groot. „Aber wir sind nicht hier, um die Frauen und Kinder zu befreien. Unser Auftrag lautet, Oberst Petrov auszuschalten, und dazu haben wir jetzt eine zweite Chance bekommen."

„Was meinst du damit, Hans?"

„Petrov und seine Leute machen kehrt", sagte de Groot. „Sie müssen neue Anweisungen bekommen haben." Während er das sagte, steuerte er die Drohne bereits auf einen anderen Kurs. „Sie folgen wieder der Straße nach Mariupol. Wir haben also noch gut 30 – 40 Kilometer

Spielraum, um ihm und seiner Truppe einen entscheidenden Schlag zu versetzen."

„Die sind in der Überzahl – das hast du schon gesehen, oder?", fragte Heller.

„Sicher", meinte de Groot. „Aber ich denke, wir sollten Ihnen einige Nadelstiche zufügen, die sie zwar nicht komplett beinträchtigen, aber deutlich schwächen. Und wir versuchen, Petrov zu erwischen. Er sitzt in dem vordersten Fahrzeug. Das habe ich zumindest gesehen."

„Das könnte funktionieren", sagte Heller nach kurzem Überlegen. „Reden wir mit den anderen, und dann schmieden wir einen Plan."

„Ich liebe es, wenn ein Plan funktioniert", meinte de Groot mit einem kurzen Grinsen, weil er dabei an Hannibal Smith und das legendäre A-Team dachte, die in den 80er-Jahren auch spektakuläre Einsätze in der gleichnamigen TV-Serie ausführten und ihre Gegner immer mit einfallsreichen Ideen überrascht hatten. Er wusste natürlich, dass so etwas in Wirklichkeit nicht ganz so einfach umzusetzen war, aber der Gedanke gefiel ihm, es zumindest zu versuchen.

„Wir werden es ordentlich krachen lassen", fügte Heller hinzu und stieg dann zusammen mit de Groot aus dem Wagen.

*

16. April 2022
5 Kilometer südwestlich der russischen Grenze
Am Nachmittag gegen 16:00 Uhr

Ben Cutler und Bill Taylor hatten sich hinter einigen Büschen auf einer Anhöhe verschanzt, unter der die Straße vorbeiführte. Auf der gegenüberliegenden Seite erhoben sich einige Felsen, hinter denen Evelyn Berg und Patrick Johnson Posten bezogen hatten. Die anderen Teammitglieder befanden sich in nächster Nähe, um noch eingreifen zu können, wenn es nötig war.

Evelyn Berg hatte eine Panzerfaust 3-IT neben sich liegen, und auch Patrick Johnson hatte eine solche Waffe in der Hand. Sowohl er als auch Evelyn hatten genügend Kenntnisse, um diese Waffen ohne Probleme zu handhaben. Die Zeit in der Bundeswehr und die damit verbundenen Kampfeinsätze waren nicht spurlos an Evelyn vorbeigegangen, deshalb war diese Situation ganz normal für sie. Einfach am vereinbarten Posten ausharren und abwarten, bis der richtige Augenblick gekommen war. Und dass dieser Zeitpunkt bald kommen würde, das wusste sie, denn de Groot hatte kurz vorher noch die letzten Daten der Drohne gecheckt und die übermittelten Bilder ausgewertet. So wusste er, dass Petrov und seine Truppe noch knapp drei Kilometer entfernt waren.

Cutler und Taylor waren ebenfalls schwerbewaffnet. Sie hatten sowohl eine Walther P 1 und eine P 30 bei sich sowie ein Maschinengewehr M2QCB, mit dem sie schon bei ihrer Mission in Kabul gute Ergebnisse erzielt hatten. Deshalb hatte Hasim Kodra auch diese Waffen organisiert und erneut in Rekordzeit nach Kabul schaffen lassen – über welche Kanäle das auch immer geschehen war. Heller und sein Team mussten das nicht wissen. Hauptsache, diese Aktion war erfolgreich vonstattengegangen.

Wie in jedem Krieg waren Waffen die entscheidenden Mittel, um Auseinandersetzungen und Schlachten zu gewinnen. Nach langem Zögern hatte die Bundesregierung ihr Nein zu Waffenlieferungen in die von Russland überfallene Ukraine aufgegeben und 500 Boden-Luft-Raketen des Typs Stinger sowie 1.000 Panzerabwehrwaffen an die von russischen Truppen bedrängte Ukraine geliefert. Die Waffen kamen aus Beständen der Bundeswehr. Kurz zuvor hatten bereits mehrere Medien darüber berichtet, dass die Bundesregierung auch die Lieferung der Niederlande von 400 Panzerfäusten und von Haubitzen aus Beständen der ehemaligen DDR durch Estland an die Ukraine genehmigen wollte. Außerdem waren bereits erste Planungen am Laufen, 10.000 Tonnen Treibstoff über Polen an die Ukraine zu liefern.

Die Bundesregierung hatte sich lange gesträubt, Kiew mit Waffen zu unterstützen. Als Begründung hieß es, man liefere keine Waffen in Kriegsgebiete. Offenbar hatte man aber vergessen, dass Deutschland vor einigen Jahren großen Mengen Waffen, darunter auch zahlreiche Panzerabwehrflugkörper des Typs Milan, den kurdischen Peschmerga zur Abwehr der Terroristen des so genannten Islamischen Staates zur Verfügung gestellt hatte.

An all dies dachten die Männer und Frauen von *Kommando ZERO,* während sie angespannt darauf warteten, dass die ersten Fahrzeuge des russischen Konvois in Sicht kamen. Um diesen Hinterhalt so effektiv wie möglich durchzuführen, hatten Johnson und Pieringer einige Granaten am Straßenrand platziert, die dann mit gezielten Schüssen aus dem M2QCB zum Explodieren gebracht werden sollten. Mit großer Sicherheit würde der Konvoi dann kurz anhalten, wenn das erste Fahrzeug durch die hochgeschleuderten Steine und Dreck in Mitleidenschaft gezogen würde, und genau dann würden die Russen unter Beschuss genommen werden. In der Hoffnung, dass es ausreichen würde, um Petrov und seinen Soldaten schwere Verluste zuzufügen.

„Sie kommen!", stieß Evelyn mit gepresster Stimme hervor, während sie mit einem Fernglas den östlichen Verlauf der Straße beobachtete. „Gleich sind sie hier!"

„Dann werden sie ihr blaues Wunder erleben", fügte Patrick Johnson hinzu, während Evelyn sich kurz aus ihrer Deckung erhob und den Kameraden auf der anderen Straßenseite ein kurzes Zeichen gab. Dann nahm er seine Panzerfaust 3-IT und wartete auf den geeigneten Moment ab, um diese gefährliche Waffe abfeuern zu können. Äußerlich wirkte er ganz ruhig und gelassen, aber sein

Adrenalinspiegel schoss in die Höhe, wie es immer der Fall kurz vor einem Kampf war.

Die Fahrzeuge der Russen waren jetzt auch mit bloßem Auge gut erkennbar. Es waren acht Wagen der Marke URAL, also die gleichen Fahrzeuge, wie bei Heller und seinem Team. Demzufolge konnten sie grob schätzen, mit wie vielen Gegnern sie nun zu rechnen hatten. Wenn sich im hinteren Teil jeweils zehn Soldaten befanden, musste man mit mindestens achtzig Gegnern rechnen, Fahrer und Beifahrer in den Kabinen nicht mitgerechnet. Wenn die geplante Aktion nicht gut verlief, dann war es aus und vorbei für Heller und seine Leute. Trotzdem riskierten sie diesen gefährlichen Einsatz, denn es war im Moment die einzige Chance, um Oberst Petrov einen schweren Schlag zu versetzen und ihn in die Hölle zu schicken.

Auch Heller, de Groot, Maria und Sylvie hatten mittlerweile ihre Positionen eingenommen. Das galt auch für Leo Pieringer, der mit einer MG4 das Feuer auf die Gegner eröffnen würde, wenn der richtige Zeitpunkt gekommen war. In diesen Sekunden erinnerte er sich an einen Kampfeinsatz im Nordosten Nigerias vor gut sieben Jahren, als er und eine Söldnertruppe nach der erfolgten Sprengung einer Eisenbahnlinie rasch den Rückzug angetreten hatten, aber dann bemerkt hatten, dass die weitere gegnerische Einheiten aus einer ganz anderen Richtung gekommen waren und versucht hatten, ihnen den Weg abzuschneiden und sie dann so rasch wie möglich zu umzingeln.

„Du denkst an Nigeria, oder?", riss Hellers Stimme den Österreicher aus seinen Gedanken, und er sie, wie Pieringer nickte.

„Jedem von uns gehen in diesem Moment ähnliche Gedanken durch den Kopf", erwiderte er. „Hauptsache, wir schaffen es, so viel wie möglich von diesen Bastarden in die Hölle zu schicken."

Er sagte das, um sich selbst Mut zu machen und auch den beiden Frauen damit zu signalisieren, dass alles möglich war, wenn man entschlossen genug vorging und den Feind so weit in die Enge trieb, dass in den erste entscheidenden Sekunden gar keine Chance hätte, sich wirksam zur Wehr zu setzen. Was er allerdings verschwieg, war die Tatsache, dass bei dem Einsatz in Nigeria viel Blut auf beiden Seiten geflossen war und er ein gutes Dutzend seiner Kameraden bei diesem Kampf verloren hatte. Er selbst war ebenfalls angeschossen worden und hatte nur überlebt, weil er und seine Kameraden gerade noch rechtzeitig Hilfe von einem zweiten Söldnertrupp erhalten hatte, mit deren Hilfe Pieringer und die anderen Männer noch entkommen konnten. Die Toten und einige Schwerverletzte hatte man zurücklassen müssen, um das eigene Leben zu retten, und auch heute noch dachte Pieringer oft daran, was mit diesen Männern geschehen war, als die nigerianischen Soldaten sie entdeckt hatten. Sich vorzustellen, wie sie grausam gequält wurden, war ein Gedanke, der immer dann aus seiner Erinnerung zum Vorschein kam, wenn er sich in einer nicht minder gefährlichen Situation befand.

Aber wahrscheinlich dachte jedes Teammitglied an solche Dinge. Sie alle hatten solche Erlebnisse gehabt, bevor sie zum *Kommando ZERO*-Team gestoßen waren, und einige davon hatten bis heute Spuren hinterlassen. Bei dem einen mehr, bei anderen wiederum weniger.

„Wir schaffen das", sagte Maria Hernandez zu Pieringer, weil sie wohl ahnte, was ihm gerade durch den Kopf ging. „Wir haben den Taliban gezeigt, wer am längeren Hebel sitzt, und deshalb werden uns auch ein paar russische Soldaten auch nicht aufhalten. Verlass dich drauf!"

Pieringer grinste, als er diese Worte hörte. Er wusste, dass Maria ihm Mut machen wollte, aber das war gar nicht nötig. Er hatte längst innerlich auf Kampfmodus umgeschaltet, und für einen Ex-Legionär wie den Österreicher bedeute das nichts anderes, als dass er die restlichen Emotionen nun verbannt hatte und sich ganz auf das konzentrierte, was geplant worden war.

Er nahm die MG4 und zielte auf die Stelle, wo er zusammen mit Johnson einige Granaten in der Erde positioniert hatte. Geduldig wartete er noch einige Augenblicke ab, bis das erste Fahrzeug nur noch knapp dreißig Meter von der betreffenden Stelle entfernt war, und dann drückte er ab!

*

Oberst Alexey Petrovs Blick war auf die befestigte, aber dennoch gut befahrbare Straße gerichtet, die nach weiteren drei Kilometern in die Straße einmündete, die direkt nach Mariupol führte. Er verschwendete keinen einzigen Gedanken mehr an die Frauen und Kinder, die er kurz vor dem Grenzübergang an den Hauptmann und dessen Leute übergeben hatte. Er war nicht zuständig für alles, was in den Lagern jenseits der Grenze ablief und wie man dort mit den Gefangenen umging, und es interessierte ihn auch nicht. Wichtig war nur eines: Die Ukraine musste endlich begreifen, dass dieses Land auf verlorenem Posten stand und es nur noch eine Frage der Zeit war, bis die Kapitulation erfolgen würde.

„Oberst, stimmt es eigentlich, was man sagt?", richtete nun Leutnant Sorokin das Wort an ihn. Er saß am Steuer des Geländewagens und steuerte den Wagen weiter die Straße entlang.

„Was meinen Sie genau?", fragte Petrov.

„Es heißt, dass uns der koreanische Genosse Kim Yong Un Soldaten aus seinem Heer zur Verfügung stellen will", rückte Sorokin nun mit seiner Frage heraus. „Wissen Sie etwas Genaues darüber?"

„Ich habe das auch gehört", lautete Petrovs Antwort. „Aber wer weiß, wie lange das dauert, bis die Soldaten hier sind. Bis dahin haben wir sowohl den Kampf um Mariupol gewonnen als auch die Ukraine in den Untergang getrieben. Ich brauche keine ungebildeten Bauern aus den Bergen Nordkoreas, die erst einmal trainiert und ausgebildet werden müssen, um solch einen Kampf überhaupt durchzustehen." Er sah, wie Sorokin ihn überrascht anschaute und fuhr dann rasch fort. „Überlegen Sie doch mal genau, was das heißt, Leutnant. Die westliche Presse wartet doch nur darauf, dass das breigetreten wird. Ich würde fast wetten, dass dann behauptet wird, dass Putins Armee nicht stark genug ist, um dieses Problem aus eigener Kraft zu lösen. Sie werden das als Schwäche für Russland auslegen und diese unselige Propaganda einfach fortsetzen."

„Die NATO wird sich irgendwann einmischen, Oberst", gab Sorokin zu bedenken. „Stand nicht in den Zeitungen, dass die Deutschen TAURUS-Raketen an die Ukraine liefern wollen?"

Petrov lachte kurz auf und winkte ab, bevor er etwas dazu sagte.

„Wenn sie das tun, dann sind sowohl Deutschland und somit auch die NATO Kriegsparteien. Präsident Putin wird nicht zögern, sofort ins Baltikum einzumarschieren. Es wurde ohnehin höchste Zeit, dass diese drei Verräterstaaten Litauen, Estland und Lettland dafür bestraft werden, dass sie sich von uns abgewandt haben. Sie haben die Gunst der Stunde genutzt, als Gorbatschow das russische Reich bewusst zerstört hat. Es wird höchste Zeit, dass die alten Zeiten wieder von neuem beginnen und …"

In diesem Augenblick zerriss ein lautes Donnern seine Worte. Sorokin war so erschrocken, dass er das Steuer nach links riss, weil in diesem Augenblick Steine und Erdbrocken gegen den Wagen prallten. Gleichzeitig fielen mehrere Schüsse, und die Windschutzscheibe des Geländewagens zerbarst mit einem entsetzlichen Knall.

Splitter wurden umhergeschleudert, und einige davon trafen Petrov. Seine Sicht verschleierte sich auf einmal, während etwas in seinen Körper einschlug und nach hinten stieß. Petrov schrie und begriff gar nicht, dass er selbst es war, der diesen Schrei ausgestoßen hatte. Er registrierte nur noch einen brennenden Schmerz in der Brust, und sein Augenlicht wurde trübe. Dann wurde alles dunkel um ihn, und er bekam nichts mehr davon mit, dass Sorokin in Panik aus dem Wagen sprang und seine Waffe aus dem Holster zog. Er konnte sich gerade noch in Sicherheit bringen, bevor der Geländewagen von einer Feuerwalze gepackt und zerrissen wurde. Dunkle Rauchwolken stiegen in den Himmel empor, während weitere Schüsse fielen und Soldaten schrien.

Sorokin sah, wie ein zweites Geschoss den nächsten Wagen traf und ebenfalls zerstörte. Die Explosion war jetzt so laut, dass Sorokin fast taub geworden wäre, weil er sich in der Nähe der beiden zerstörten Fahrzeuge befand. Verzweifelt und wütend zugleich begriff er, dass man ihn und die anderen von zwei Seiten unter Feuer nahm. Er sah, wie seine Kameraden und die tschetschenischen Söldner die Wagen verließen, in Deckung gingen und sich ihrer Haut wehrten, so gut es unter diesen Umständen überhaupt möglich war.

Panzerfäuste! dachte Sorokin. *Diese Hunde beschießen uns mit Panzerfäusten und Schnellfeuerwaffen. Aber wie kann das sein? So nahe an der Grenze sind doch keine ukrainischen Soldaten!*

Seine Gedanken überschlugen sich förmlich, während er und seine Kameraden sich so gut wie möglich gegen diesen überraschenden Angriff aus dem Hinterhalt zu wehren versuchten. Aber die unbekannten Gegner hatten sie mittlerweile so weit in die Defensive gedrängt, dass sie keinen direkten Angriff mehr starten konnten, denn das war viel zu gefährlich.

Sorokin fluchte, als er sah, wie die Flammen große Teile des Wagens einhüllten, hinter dessen Steuer er vor wenigen Augenblicken noch gesessen hatte. Es waren qualmende und brennende Trümmer, und von Petrov war nichts mehr zu sehen. Es bedurfte keiner großen Phantasie, um sich vorzustellen, welches Schicksal den Oberst ereilt hatte, und wahrscheinlich hatte er in den wenigen Sekunden seines bewussten Lebens nicht mehr viel davon mitbekommen.

Wieder wurde eine Panzerfaust abgefeuert, und diesmal traf das Geschoss einen der hinteren Wagen. Drei tschetschenische Söldner, die dort in Deckung gegangen waren und darauf gehofft hatten, hier halbwegs sicher zu sein, erkannten viel zu spät, dass es keine Chance gegen Panzerfäuste und einen Angriff aus dem Hinterhalt gab. Ihre Todesschreie wurden von dem Donner der explodierenden Geschosse überlagert.

„Schießt doch, ihr verdammten Idioten!", brüllte Sorokin außer sich vor Wut und feuerte wahllos einige Schüsse in die Richtung ab, in der er die Gegner vermutete. Aber er wusste es nicht genau. Er registrierte nur auf einmal, wie die Schüsse abebbten und ganz plötzlich Motorengeräusch in der Nähe zu vernehmen war.

Auch die restlichen russischen Kameraden und die tschetschenischen Söldner hatten das mitbekommen. Die ersten wagten sich aus ihrer Deckung und rannten mit vorgehaltenen Kalaschnikows los, weil sie glaubten, dass die unbekannten Gegner sich jetzt zurückzogen. Offensichtlich hatten diese ihr Ziel erreicht und flüchteten jetzt.

Sorokin wusste immer noch nicht, was das zu bedeuten hatte. Er sah, wie zwei Tschetschenen mehrere Schüsse abgaben. Er hatte zwischenzeitlich auch eine Kalaschnikow an sich genommen und schoss auf eine der Gestalten, die gerade in die Fahrzeuge einstiegen. Einer von ihnen zuckte zusammen, wankte kurz, wurde aber dann von den anderen gestützt und in den Wagen gezogen.

Mit durchdrehenden Reifen, die Dreck und Staub hochwirbelten, fuhren die drei Fahrzeuge los und entfernten sich vom Kampfesort.

Die Tschetschenen schossen immer noch, aber keine der abgefeuerten Kugeln traf mehr ins Ziel. Die feigen Bastarde entkamen, und Sorokin war machtlos.

„Das … das sind doch URAL-Fahrzeuge gewesen!", stammelte einer der Tschetschenen. „Die haben russische Uniformen getragen, Leutnant. Was hat das zu bedeuten?"

„Ich weiß es nicht, verdammt noch mal!", schrie Sorokin und warf seine Waffe einfach von sich. „Diese Schweine dürfen auf gar keinen Fall entkommen!"

Noch während er das sagte, lief er zu einem der Fahrzeuge, die noch intakt waren und setzte sich per Funk mit den Grenzposten in Verbindung. Ganz aufgeregt und mit zitternder Stimme schilderte er, was gerade geschehen war und dass Oberst Petrov bei diesem feigen Anschlag gefallen war.

„Sie haben Fahrzeuge von uns gehabt und auch unsere Uniformen getragen", beendete er seinen Bericht. „Wer sind diese Leute? Sie dürfen nicht entkommen. Alarmiert alle verfügbaren Kräfte in der Region. Wir müssen sie erwischen, bevor sie Mariupol erreichen, verstanden?"

Einige Sekunden vergingen, bis er eine Antwort erhielt. Man versprach ihm, alles Mögliche zu tun. Dann beendete Sorokin die Verbindung und stieg wieder aus dem Wagen aus.

„Helft mir!", rief er den anderen Männern zu. „Wir müssen die Trümmer beseitigen, damit wir weiterkommen. Los, worauf wartet ihr noch?"

Ihm wurde übel, als er sich den qualmenden Trümmern des Wagens näherte, in dem er und Petrov gesessen hatten. Den Oberst fand er nicht mehr. Alles, was von ihm übriggeblieben war, entdeckte er einige Sekunden später. Es war ein Schuh, in dem noch ein abgetrennter Teil des

Unterschenkels steckte. Da wurde Sorokin übel, und er musste mehrmals schlucken, bis er sich wieder unter Kontrolle hatte.

Er packte selbst mit an, um soviel wegzuräumen, dass die anderen, noch intakten Fahrzeuge diese Stelle passieren konnten. Eine knappe halbe Stunde später hatten sie das geschafft. Es blieb keine Zeit mehr, sich um die Kameraden zu kümmern, die bei diesem hinterhältigen Angriffs ums Leben gekommen waren. Jetzt standen wichtigere Dinge auf dem Spiel!

Kapitel 5
Auf der Flucht

16. April 2022
Irgendwo zwischen der russischen Grenze und Mariupol
Gegen 17:30 Uhr

Patrick Johnson zuckte zusammen, als plötzlich etwas sein rechtes Bein traf und ihn ins Taumeln brachte. Erst als ihn eine starke Schmerzwelle erfasste, begriff er, dass er von einer feindlichen Kugel getroffen worden war. Ausgerechnet jetzt!

Evelyn sah, dass er ins Stolpern geriet, rannte auf ihn zu, um ihn zu stützen.

„Komm mit, du schaffst das!", rief sie ihm zu, als sie sah, dass er das Gesicht verzog und kreidebleich war. Zum Glück waren es nur wenige Schritte, bis sie das Geländefahrzeug erreicht hatten.

Heller und de Groot sahen, dass Johnson verletzt war, aber sie konnten im Moment nichts tun. Sie mussten so schnell wie möglich weg von hier, bevor es zu spät war. Evelyn schaffte es, den verletzten Engländer auf den Rücksitz zu helfen, dann nahm sie ebenfalls auf dem Rücksitz Platz und sah sofort nach Johnsons Verletzung, während Heller den Motor startete und losfuhr.

Weitere Schüsse fielen, aber keine der Kugeln traf das Fahrzeug. Aber das *Kommando ZERO*-Team war noch längst nicht außer Gefahr. Jetzt war nur noch wichtig, so viel Distanz wie möglich zwischen sich und ihre Gegner zu bringen und irgendwo in den Weiten des Landes unterzutauchen. Das war die einzige Chance, die ihnen blieb, und selbst dann war immer noch nicht sicher, ob sie jemals von hier entkommen konnten.

„Halte still, Patrick!", redete Evelyn auf ihn ein. Johnson verzog das Gesicht, während Evelyn ein Messer aus dem Gürtel zog und die Hose am verletzten Bein aufschnitt. Sofort erkannte sie, dass es nur ein Durchschuss war, aber die Wunde blutete stark, und das musste zum Stoppen gebracht werden.

„Was ist mit ihm?", fragte Heller. „Ist es schlimm?"

„Ein Durchschuss", sagte Evelyn, während sie hinter sich griff und nach einem Stück Stoff oder Tuch suchte, mit dem man einen Verband anlegen und das Bluten hoffentlich zum Stillstand bringen konnte. Bange Augenblicke vergingen, bis sie endlich fündig geworden war. Es war ein handtuchgroßes Stück Stoff, das zwischen den Kisten gelegen hatte, und das nahm sie jetzt, um Johnson damit zu verbinden.

„Beiß die Zähne zusammen, Patrick", sagte sie zu ihm, während sie den Stoff um die Wunde wickelte und dann fest anzog. „Das ist das Einzige, was wir jetzt haben."

„Schon gut", murmelte Johnson, auf dessen Stirn sich mittlerweile feine Schweißperlen gebildet hatten. Er war blass im Gesicht. Ein deutliches Zeichen dafür, dass er Schmerzen hatte, sich aber bemühte, das nicht allzu deutlich zu zeigen.

Hans de Groot, der auf dem Beifahrersitz hockte, tat so, als ginge ihn das alles nichts an. Er hatte sein Laptop geöffnet und den Bildschirm aktiviert. Kurz bevor der entscheidende Schusswechsel begonnen hatte, war es ihm gelungen, die Drohne noch einmal zu starten, und diese

Maßnahme erwies sich jetzt genau richtig, denn sie lieferte jetzt sehr deutliche Bilder.

„Sie räumen gerade die Trümmer beiseite, und dann werden sie uns folgen", sagte er mit ruhiger Stimme, obwohl sein Gesichtsausdruck etwas ganz anderes signalisierte. „Wir haben etwas Zeit gewonnen – mehr aber auch nicht. Das erste Fahrzeug besteht nur noch aus Resten. Alles andere existiert nicht mehr, und das gilt wahrscheinlich auch für Oberst Petrov. Wir haben somit unsere Mission erledigt."

„Das schon", musste nun auch Heller zugeben. „Schick eine Mail nach Kiew und teile ihnen unsere Position mit. Auch wenn das vermutlich nichts ändern wird. Wir sind auf eigene Faust und unter großem Risiko hierhergekommen und müssen jetzt zusehen, wie wir die russisch besetzten Gebiete so schnell wie möglich verlassen. Das kann noch Tage dauern, wenn wir Pech haben."

„Das kommt mir vor wie ein Pokerspiel, bei dem wir von Anfang an wissen, dass wir schlechte Karten haben", erwiderte de Groot. „Mail ist gerade raus. Mehr kann ich im Moment nicht tun."

„Das ist besser als gar nichts", kommentierte das Heller und schaute dabei kurz in den Rückspiegel. Johnson hatte die Augen geschlossen und stöhnte leise vor sich. Der ansonsten so reserviert wirkende Brite war stark geschwächt und brauchte dringend eine ärztliche Versorgung. Nicht nur einen Notverband, der das Bluten stoppte.

Heller zerbrach sich die ganze Zeit den Kopf darüber, welche Vorgehensweise jetzt am besten war, um eventuelle Verfolger abzuschütteln. Aber je mehr er darüber nachdachte, umso rascher wurde ihm klar, dass er jetzt und hier keine Lösung fand.

*

Maria Hernandez ertappte sich dabei, wie sie sich schon zum wiederholten Mal umdrehte und zurückschaute. Ihr Miene wirkte angespannt, und es bedurfte keiner großen Phantasie, um sich vorstellen zu können, was ihr gerade durch den Kopf ging.

Sie saß zusammen mit Bill Taylor und Ben Cutler im letzten der drei Fahrzeuge. Taylor steuerte den Wagen, während Cutler ebenfalls das Gelände beobachtete und versuchte, irgendwelche Auffälligkeiten zu bemerken. Schließlich war Mariupol, das Zentrum der Auseinandersetzungen nicht weit entfernt, und mit Sicherheit waren weitere russische Truppen auf dem Weg dorthin, um die Stadt einzukesseln und dann sehr schnell zum Aufgeben zu zwingen – und zwar mit allen zur Verfügung stehenden Mitteln.

„Was glaubt ihr, was jetzt geschieht?", fragte sie Taylor und Cutler.

„Wir haben den Russen eine Lektion erteilt, aber nicht mehr", erwiderte Cutler. „Bestimmt haben sie schon irgendeine Truppenzentrale alarmiert und um Hilfe gebeten. Wir werden also damit rechnen müssen, dass wir bald auf andere Verbände stoßen, und dann ..."

Er sprach diesen Satz bewusst nicht zu Ende, weil er Maria nicht beunruhigen wollte. Die Mexikanerin nickte nur. Sie hatte verstanden, was Cutler damit sagen wollte.

„Noch haben sie uns nicht", fügte Taylor hinzu. „Außerdem wird uns die Drohne rechtzeitig ankündigen, wenn wir auf unerwartete Gegner stoßen. Wenn dies der Fall sein sollte, dann werden wir auch hier eine Lösung finden. Leute, wir haben so viele Strapazen auf uns genommen, um diesen Petrov in die Hölle zu schicken! Das kann doch alles nicht umsonst gewesen sein."

„Wir müssen einfach unter allen Umständen die russisch besetzten Zonen so schnell wie möglich hinter uns lassen, und wenn ich das richtig in Erinnerung habe, dann ist unsere Chance die Stadt Dnipro. Sie liegt etwas mehr als 350 Kilometer nordwestlich von hier. Wenn wir die Nacht weiterfahren, müssten wir das in etwa vier Stunden geschafft haben. Aber nur, wenn wir auf keine Hindernisse stoßen", meinte Maria. „Und das bedeutet noch einige unsichere Stunden für uns."

Genau wie alle anderen Teammitglieder von *Kommando ZERO* hatte sich auch Maria über die Lage vor Ort informiert und wusste demzufolge, welche Regionen besonders gefährdet waren und wo Chancen bestanden, nach einem erfolgreichen Einsatz so schnell wie möglich wieder sicheres Gebiet zu erreichen. Dazu gehörte auch Dnipro. Es war mit 1,05 Millionen Einwohnern die drittgrößte und gleichzeitig die jüngste Stadt der Ukraine. Sie lag südöstlich der Hauptstadt Kiew in der zentralöstlichen Ukraine an beiden Seiten des hier aufgestauten Dnepr. Dnipro war bis vor Beginn der russischen Invasion das administrative Zentrum der Oblast Dnipro. Die Stadt war ein wichtiger industrieller Standort der Ukraine. Dnipro war eines der wichtigsten Zentren der Kernenergie-, Waffen- und Raumfahrtindustrie der Sowjetunion. Insbesondere war diese Stadt der Standort von KB Juschnoje, einem großen Designer und Hersteller von Raketen. Aufgrund der Rüstungsindustrie war die Stadt geschlossen Stadt und blieb es bis in die 1990er-Jahre hinein.

„Wollen wir das Beste hoffen", sagte Taylor. „Jetzt interessiert mich erst einmal, wie es Patrick geht. Ihr habt doch noch mitbekommen, dass er getroffen wurde?"

„Soweit ich es gesehen habe, wurde er ins Bein getroffen", meinte Maria. „Evelyn wird schon alles Erforderliche zu tun. Sie weiß von uns allen am besten Bescheid, was zu tun ist."

Die beiden Kameraden nickten. Sie hofften, dass es keine Komplikationen gab. Auch wenn jedes Teammitglied wusste, dass es unter Umständen in den eigenen Reihen Verluste gab, so wollte keiner der Männer und Frauen sich vorstellen, wen es unter Umständen als ersten treffen würde. Patrick Johnson gehörte zwar zu denjenigen Kameraden, die nicht unbedingt im Vordergrund stehen wollten, aber man konnte sich jederzeit auf ihn verlassen. Das hatte er bei früheren Einsätzen sehr deutlich unter Beweis gestellt und zuletzt auch in Afghanistan.*

*s. KOMMANDO ZERO Band 1 – Mission Kabul

Inzwischen war die Sonne ein gutes Stück weiter nach Westen gewandert. Bald würde sie untergehen, und dann wuchs hoffentlich die Chance, den Verfolgern entkommen zu können. Zumindest, was diejenigen Soldaten betraf, die in die Falle getappt waren und zu spät bemerkt hatten, wer es auf sie abgesehen hatte. Aber weder Maria, noch Taylor und Cutler wussten, welche Gefahren noch auf dem Weg nach Nordwesten lauerten.

*

16. April 2022
An der russischen Grenze
Gegen 18:00 Uhr, kurz nach Sonnenuntergang

Leutnant Pjotr Sorokin wäre wahrscheinlich sehr entsetzt gewesen, wenn er Major Iwan Popow gesehen hätte, nachdem dieser von einem der tschetschenischen Soldaten die Meldung von dem Hinterhalt unweit der russischen Grenze übermittelt bekommen hatte. Major Popow fluchte zum Gotterbarmen, als ihm klar wurde, welches gravierende Problem ihm und den Soldaten an der Grenze jetzt bevorstand.

„Oberstleutnant Kusnetzow!", rief er einen seiner ihm unterstellten Offiziere zu sich. „Ich brauche zehn Fahrzeuge und fünfzehn mutige Männer. Jetzt sofort!"

„Was … was ist passiert, Major?", fragte der Oberstleutnant, der solch einen wütenden Major noch niemals zuvor erlebt hatte.

„Spione in russischen Uniformen haben Oberst Petrov in einen Hinterhalt gelockt. Der Oberst ist tot, und einige andere Soldaten sind verletzt. Wir müssen diese verdammten Hunde zu fassen bekommen, bevor sie unser Territorium wieder verlassen. Ich werde mich selbst darum kümmern. Alles andere erkläre ich Ihnen. In spätestens fünfzehn Minuten melden Sie mir Bereitschaft. Verstanden?"

„Zu Befehl, Major Popow!", rief Oberstleutnant Boris Kusnetzow, wandte sich mit einer zackigen Bewegung ab und rannte sofort los, um den Befehl des Majors umzusetzen. Popow nahm das nur beiläufig wahr, weil seine Gedanken immer wieder um eine bestimmte Sache kreisten. Wie in aller Welt war das nur möglich gewesen, dass diese Leute unbemerkt bis fast zur russischen Grenze vorgedrungen waren? War dieser Hinterhalt unter Umständen eine gezielte Aktion gewesen, um Oberst Petrov aus dem Weg zu räumen? Wer waren diese Gegner, und wie hatten sie es geschafft, unbemerkt hierherzukommen, ohne dass auch nur irgendjemand sie daran hinderte?

Major Popow war 48 Jahre alt und konnte auf eine sehr erfolgreiche Laufbahn in der russischen Armee zurückblicken. Es gab bisher nichts, was man ihm ankreiden konnte, und er hatte auch immer alles getan, damit er weiter Karriere beim Militär machen konnte. Beim jährlichen Truppenaufmarsch auf dem Roten Platz in Moskau hatte er sogar nur wenige Schritte von Putin entfernt gestanden, und der Präsident hatte ihn sogar persönlich mit Handschlag begrüßt. Für Popow bedeutete dies, dass man im Kreml auf ihn aufmerksam geworden war, und seitdem legte er sich noch mehr ins Zeug, um die in ihn gesetzten Anforderungen zu erfüllen.

Umso tragischer, dass dieser Hinterhalt genau in dem Abschnitt der Grenze stattgefunden hatte, für den er verantwortlich war. Deshalb musste er unverzüglich Gegenmaßnahmen in die Wege leiten, damit sein Name nicht in Verruf geriet, denn das bedeutete ein vorläufiges Stopp in seiner militärischen Laufbahn, wenn nicht sogar Degradierung oder noch Schlimmeres.

In der Zwischenzeit hatte Oberstleutnant Kusnetzow alles vorbereitet, und die Fahrzeuge mitsamt den Soldaten standen bereit. Popow stieg in das erste Fahrzeug ein, und Kusnetzow setzte sich hinters Steuer. Dann brach der Konvoi auf zu der Stelle, wo der Überfall stattgefunden hatte.

Nur zehn Minuten später erreichten die Fahrzeuge den Ort, an dem die Schüsse gefallen waren und die Explosionen zwei Fahrzeuge zerrissen hatten. Zwei tschetschenische Söldner waren zurückgeblieben, um auf die Grenzsoldaten zu warten. Die beiden Tschetschenen nahmen Haltung an, als sie Major Popow aussteigen sahen und der direkt auf die beiden Männer zuging. Sein Blick war alles andere als freundlich.

„Wer von euch beiden hat diesen Vorfall gemeldet?", wollte er wissen.

„Ich", sagte der Tschetschene und grüßte den Major vorschriftsmäßig. „Soldat Bakar Umarow", nannte er dann seinen Namen und erzählte nochmals im Detail, was hier geschehen war.

„Sie haben von zwei Seiten angegriffen, Major", sagte Umarow zum Schluss. „Mit Panzerfäusten und Schnellfeuergewehren. Sie haben russische Uniformen getragen, aber das waren keine Russen."

„Sondern?", fragte Popow sofort. „Heraus damit, Soldat! Ich habe keine Zeit, um Ihnen jedes einzelne Wort aus der Nase zu ziehen."

„Es klang nicht wie russisch, Major", stammelte der Tschetschene. „Eher europäisch. Ich glaube deutsch, oder auch englisch. Ich weiß es nicht genau. Es waren nicht nur Männer. Ich habe auch zwei Frauen gesehen und ..."

„Wie bitte?", entfuhr es Popow. „Das gibt´s doch nicht. Warum hat das keiner von euch bemerkt, dass ihr in einen Hinterhalt geratet? War Oberst Petrov etwa betrunken oder blind?"

„Ich … ich weiß es nicht", erwiderte Umarow ganz kleinlaut. „Wir können ihn nicht mehr fragen. Er ist tot. Er saß in dem Fahrzeug dort – oder besser gesagt, was davon noch übrig ist. Einige meiner Kameraden hat es auch erwischt."

„Gottverdammt!", brüllte Popow. „Darüber reden wir noch, wenn die ganze Sache vorbei ist! Wie viele Fahrzeuge waren es? Ich will Einzelheiten wissen!" Während er das sagte, ging er auf den Tschetschenen zu, packte ihn am Kragen seiner Jacke und zog ihn ganz nahe an sich heran. Für einen tschetschenischen Söldner wie Bakarow war das zwar eine Demütigung, aber er kannte Major Popow und wusste, was ihm widerfahren würde, wenn er nicht aufs Wort gehorchte. Oberst Petrow war schon ein schwieriger Offizier gewesen, aber der Major stellte sogar Petrow in den Schatten, wenn es darum ging, ihm untergebene Soldaten zurechtzuweisen und zu schikanieren.

„Zwei Fahrzeuge, oder nein – drei waren es", antwortete Bakarow. „URAL-Geländewagen, da bin ich mir ganz sicher. Sie sind in diese Richtung gefahren!" Er zeigte in die betreffende Richtung, in die die Straße führte. „Leutnant Sorokin und seine Leute sind ihnen sofort gefolgt. Sie werden alles tun, um sie einzuholen."

„Genau das werden wir auch tun", sagte Popow. „Ihr beiden steigt ein. Beeilt euch. Wir haben keine Zeit zu verlieren."

Die beiden Tschetschenen gehorchten sofort. Nur wenige Augenblicke später setzte sich der Konvoi wieder in Bewegung.

„Wir kriegen diese Schweine", murmelte Popow mit gepresster Stimme. „Wir kriegen sie ganz bestimmt."

*

16. April 2022
Irgendwo westlich der russischen Grenze
Gegen 18:30 Uhr

Die Sonne war mittlerweile am fernen Horizont unter-
gegangen, und Abenddämmerung breitete sich in der
kargen Ebene aus. Die drei Geländefahrzeuge hatten die
Straße, die die wichtigste Verbindung nach Dnipro und
Kiew darstellte, wieder verlassen und versuchten nun,
auf kleineren und nicht so stark befahrenen Straßen das
russische Gebiet hinter sich zu lassen, ohne dass es zu
weiteren Konfrontationen kam.

Rechnen musste das *Kommando ZERO*-Team aber schon
mit Verfolgern, denn so schnell würden die Russen nicht
aufgeben. Die Männer und Frauen hatten ihren Job erfolgreich hinter sich gebracht, aber nun steckten sie selbst
in großen Schwierigkeiten. Und wenn nicht ein Wunder
geschah, dann war es nur noch eine Frage der Zeit, bis
man sie erwischen und zur Verantwortung für das ziehen würde, was sie getan hatten. Das bedeutete nichts anderes als ein stundenlanges Verhör mit Folter und an-
schließende Aburteilung durch ein Militärgericht mit
Hinrichtung. In solchen Fällen würden sie nicht darauf
hoffen können, als Kriegsgefangene nach UNO-Standard
behandelt zu werden, denn seit der Besetzung der Ukraine durch Russland herrschten hier völlig andere Gesetze.

„Die Blutung hat aufgehört", sagte Evelyn Berg und
unterbrach damit Hellers vielschichtige Gedanken. „Wenigstens das ist ein gutes Zeichen."

„Mir ist heiß", murmelte Patrick Johnson, in dessen Augen es fiebrig glänzte. „Ich brauche was zu trinken."

Hans de Groot griff neben sich und holte eine Wasser-
flasche hervor, die er dann an Evelyn weitergab. Etwas
Proviant und Wasser führten die Männer und Frauen mit

sich. Aber eben nur so viel, wie sie benötigten, um die geplante Aktion erfolgreich durchzuführen und dann umso schneller den Rückzug anzutreten. Der Vorrat war also begrenzt, und wenn das nicht reichte, mussten sie eben selbst für eine Ergänzung sorgen.

Johnson nahm einen Schluck. Auch wenn man ihm ansah, dass er liebend gerne mehr getrunken hätte, so unterließ er es dennoch. Der riesige Dnjepr-Strom war zwar nur wenige Kilometer entfernt, aber dort anzuhalten, war nach Hellers Meinung ein Fehler. Die Russen würden entlang dieses Stroms natürlich auch Kontrollen ausüben. Sie mussten also weiterhin auf kleineren Straßen ihren Weg fortsetzen, auch wenn das bedeutete, dass es länger dauerte und sie Umwege in Kauf nehmen mussten.

Das Wichtigste war, dass sie die Verfolger abschüttelten, und je länger Heller darüber nachdachte, umso klarer nahm seine Idee Formen an.

„Hans, wie weit ist es bis nach Dnipro?", fragte er de Groot.

„Etwas mehr als 300 Kilometer. Weshalb fragst du?"

„Die Russen könnten uns noch gesehen haben, bevor wir weggefahren sind", sagte Heller. „Also werden sie nach drei Geländewagen vom Typ URAL suchen. Nicht nach einzelnen Fahrzeugen."

„Du willst, dass wir uns trennen?" Evelyn Bergs Stimme hatte einen ungläubigen Tonfall angenommen, weil sie bereits die richtigen Schlussfolgerungen gezogen hatte.

„Genau das", erwiderte Heller. „Es ist unsere einzige Chance, bevor sie uns einkesseln. Und das werden sie mit Sicherheit versuchen. Was das für uns bedeutet, muss ich sicher nicht mehr im Detail aufzählen, oder?" Während er das sagte, bremste er den Wagen ab. „Lasst uns das kurz mit den anderen besprechen."

De Groot und Evelyn kamen gar nicht mehr dazu, etwas darauf zu erwidern, denn Heller hatte bereits die Handbremse angezogen und die Tür geöffnet. Johnson blickte etwas verunsichert drein, nachdem er mitangehört hatte, was Heller plante. Deshalb redete Evelyn kurz auf ihn ein, damit er sich beruhigte und stieg dann ebenfalls aus.

Auch die anderen beiden Fahrzeuge waren zum Stehen gekommen. Marcel Becaud und Sylvie Durand blickten besorgt zu Hellers Wagen.

„Ist etwas mit Patrick?", fragte Becaud sofort „Geht es ihm nicht gut?"

„Mach dir darüber keine Sorgen", erwiderte Heller abwinkend. „Patrick ist zäh wie Leder. Der schafft das. Nein, es geht um etwas anderes. Hört mal genau zu. Wir müssen uns jetzt und hier trennen." Er schilderte den Teammitgliedern seinen begründeten Verdacht und wies daraufhin, dass bessere Chancen bestanden, wenn jeder Wagen eine andere Route einschlagen würde, um die russischen Verfolger zu verwirren. „Dnipro ist etwa 300 Kilometer nordwestlich von hier. Wenn wir die Nacht durchfahren und kurze Ruhepausen einlegen, müssten wir es schaffen, bis morgen Mittag vor Ort zu sein. Ihr habt alle Streckendaten, um weiterzukommen?"

„Ja", erwiderte Becaud. „Aber das ist ein verdammt hohes Risiko, David."

„Das ist mir durchaus bewusst", erwiderte Heller. „Aber im Moment müssen wir davon ausgehen, dass wir mehr Verfolger hinter uns haben, als uns lieb ist. Die Soldaten haben bestimmt die Grenzposten informiert, und die haben – das vermute ich jedenfalls - zusätzliche Soldaten mobilisiert, die jetzt hinter uns her sind. Gegen solch eine Übermacht kommen wir nicht an. Also müssen wir uns aufteilen und dadurch den Gegner verwirren. Umso größer sind dann aber auch die Überlebenschancen, wenn ihr nur gegen eine geringe Anzahl Feinde kämpfen müsst als gegen eine ganze Truppe."

„David hat recht", ergriff nun Leo Pieringer das Wort. Er konnte sich sehr schnell auf neue Situationen einstellen und wusste sehr genau, was dann zu tun war. Anders hätte er die Kämpfe als Legionär in Afrika niemals überleben können. „Wer fährt nun welche Route?", wollte er wissen und schaute dabei auf die Karte von Google Maps, die de Groot auf seinem Laptop aufgerufen hatte. Die SIM-Karten, die er in Kiew für alle Handys und das Laptop ausgehändigt bekommen hatte, funktionierten nicht immer, aber zumindest jetzt bestand eine gute Verbindung.

„Du, Marcel und Sylvie bleibt auf der direkten Route", sagte Heller. „Hans, Evelyn, Patrick und ich folgen der Straße etwas weiter östlich. Und ihr anderen nehmt dann die Route im Westen. Die Strecken sind in etwa gleich lang, vielleicht ist eine Straße etwas kurviger als die andere. Es müsste aber auf jeden Fall ausreichen, dass wir alle uns spätestens morgen Nachmittag in Dnipro treffen."

„Und wo genau?", fragte Sylvie Durand.

„Am besten unmittelbar am Rand des zerstörten Flughafens", schlug de Groot vor. „Dort kann zumindest noch ein Militärhubschrauber der ukrainischen Armee starten und landen. Falls die Russen nicht auf die Idee kommen, den Flughafen nochmals zu bombardieren. Das wäre unter den jetzigen Umständen die schnellste und effektivste Chance, von dort wegzukommen. Aufatmen können wir erst, wenn wir Kiew erreicht haben."

„Hast du die Verfügbarkeit zwischenzeitlich gecheckt, Hans?", fragte Heller.

„Natürlich", versicherte ihm de Groot. „Wenn ich so einen Vorschlag mache, dann habe ich natürlich schon die Fakten geprüft, David. Sobald wir in Dnipro angekommen sind, sollen wir uns melden, und dann schicken die einen Hubschrauber los, auch wenn das ein verdammt großes Risiko darstellt."

„Gut", sagte Heller, der sich wieder einmal darüber wunderte, dass de Groot so schnell reagiert hatte und auch schon praktikable Lösungen präsentieren konnte. Dennoch bestand noch ein gewisses Restrisiko, aber darüber wollte jetzt keiner der Männer und Frauen des Teams nachdenken. „Wir teilen uns jetzt auf. Wir bleiben über die Handys miteinander in Verbindung. Über unsere Gruppe auf Telegram gibt dann jeder seinen Standort bekannt. Das nächste Mal dann gegen 22:00 Uhr." Er sah, wie alle Teammitglieder nickten, und damit war alles gesagt. „Weiter geht´s", sagte er. „Viel Glück, und hoffentlich sehen wir uns alle gesund in Dnipro wieder."

Sie stiegen wieder ein, starteten die Motoren und fuhren los. Nur wenige Minuten später bog der Wagen mit Heller, de Groot, Evelyn und dem verletzten Johnson bei der nächsten Kreuzung rechts ab. Der Wagen mit Pieringer, Becaud und Sylvie fuhr weiter geradeaus, und das dritte Fahrzeug mit Maria, Cutler und Taylor bog einen Kilometer weiter nach links ab.

Was würden die russischen Verfolger unternehmen, wenn sie herausgefunden hatten, dass die drei Fahrzeuge jeweils eine andere Richtung eingeschlagen hatten? Eine Antwort auf diese Frage gab es zu diesem Zeitpunkt nicht.

Kapitel 6
Nächtlicher Zwischenfall

16. April 2022
Zwischen der russischen Grenze und Dnipro
Gegen 21:00 Uhr

Artem Shevchenko runzelte die Stirn, als er in der Ferne die hellen Lichter bemerkte. Er wusste, dass dies kein Wetterleuchten war, sondern dass irgendwo jenseits des Horizontes erneut Kämpfe begonnen hatten. Noch war der Krieg nicht bis zu der kleinen Ansiedlung gekommen, aber die hier noch lebenden zehn Bewohner hatten die Auswirkungen bereits zu spüren bekommen. Einige jüngere Männer hatten die Russen verhaftet und einfach mitgenommen. Das war vor zwei Wochen gewesen. Seitdem hatten Artem Shevchenko und die anderen Bewohner nie wieder etwas gehört, und die Sorgen um das Schicksal der Vermissten waren mit jedem weiteren Tag immer größer geworden.

Es gab so viele widersprüchliche Gerüchte, die in dieser Region die Runde machten, aber keiner von ihnen wusste, was davon stimmte und was eben nicht. Aber es herrschte Angst unter den Menschen. Angst davor, dass die Russen womöglich wiederkommen und ein Massaker unter den restlichen Bewohnern anrichten würden.

Daria Mazur, seine Schwägerin, war vor wenigen Tagen in Dnipro gewesen, um dort Verwandte zu besuchen. Zu diesem Zeitpunkt hatten die Russen den Flughafen bombardiert und die Landebahnen zerstört. Es hatte viele Tote und Verletzte gegeben. Bedeutete dies, dass die Russen jetzt weiter auf dem Vormarsch nach Westen waren? Dann würden sie unweigerlich auch bald hierherkommen. Vielleicht war es gut, wenn er und die restlichen Bewohner ihre Sachen packten und von hier verschwanden. Wenn es auch riskant war, das zu tun, so war es vielleicht immer noch besser, als hier auszuharren und auf den Tod zu warten, der bald kommen würde.

Genau darüber sprachen die Menschen jetzt. Sie hatten sich in Shevchenkos Haus versammelt, um verschiedene Möglichkeiten zu beratschlagen, was am besten für sie alle war. Shevchenko hatte seine Meinung sehr deutlich vertreten und gesagt, dass Flucht nichts nützte und dass die Heimat ohnehin unwiederbringlich verloren war. Es würde ihnen nichts anderes übrigbleiben, als die neuen Gegebenheiten zu akzeptieren und sich mit den Russen so gut wie möglich zu arrangieren. Auch wenn jeder von ihnen dafür einen hohen Preis zahlen musste. Aber wenigstens hatten sie dann noch eine größere Chance, am Leben zu bleiben und ihre Höfe zu bewirtschaften.

Shevchenko hatte sich eine Zigarette angezündet, inhalierte den Rauch und versuchte, seine vielschichtigen Gedanken zu ordnen, die ihm in diesem Moment durch den Kopf gingen. Dann hörte er auf einmal eine Stimme hinter sich.

„Artem, was ist? Die anderen warten auf dich!"

Shevchenko drehte sich um und blickte in das Gesicht von Ecaterina Kozuk. Sie war achtunddreißig Jahre alt. Ihr Mann war von den Russen verschleppt worden, und die Sorge um ihn war immer noch in ihren traurigen Gesichtszügen zu erkennen.

„Ich komme", sagte Shevchenko mit einem tiefen Seufzen und wollte sich gerade abwenden, als er plötzlich jenseits des Hügels ein Geräusch hörte und zusammenzuckte. Wenige Augenblicke später erhellte ein Scheinwerferpaar die Nacht, und ein Fahrzeug näherte sich der kleinen Ansiedlung.

Ecaterina hatte das jetzt auch gesehen, und sie fing an zu zittern.

„Geh ins Haus und sag den anderen Bescheid", wies er sie an. „Und sag Anatoli, dass er rauskommen soll. Beeil dich!"

In seinen Worten klang etwas an, das Widerspruch sinnlos machte. Ecaterina nickte nur, drehte sich rasch um und ging zurück ins Haus. Wenige Sekunden später kam Anatoli Kovalchuk heraus und ging zu Shevchenko.

„Oh Gott", murmelte er, als er das Fahrzeug näherkommen sah. „Und jetzt?"

„Wir verhalten uns ganz ruhig", erwiderte Shevchenko. „Dann sehen wir weiter."

„Das ist leicht gesagt", meinte der fünfzigjährige Bauer, der bereits einen Neffen an der Kriegsfront verloren hatte. Er dachte daran, ob der Tod in dieser Nacht erneut gnadenlos zuschlagen würde. Für einen winzigen Augenblick wünschte er sich, jetzt eine Kalaschnikow zu besitzen, um damit dann das näherkommende Fahrzeug unter Beschuss zu nehmen. Aber er wusste nicht, mit vielen Gegnern zu rechnen war. Schließlich handelte es sich um einen URAL-Geländewagen, der genügend Platz für mindestens ein Dutzend Soldaten im Laderaum bot.

Gemeinsam mit Shevchenko wartete Anatoli Kovalchuk darauf, was weiter geschah. Es war ein Gefühl aus Unsicherheit und Angst, das die beiden Männer erfasst hatte, und das galt auch für die übrigen, hier noch lebenden Menschen.

Der Wagen kam jetzt unweit der Stelle, wo sich die beiden ukrainischen Bauern aufhielten, zum Stehen. Jetzt würde sich gleich entschieden, ob der Tod erneut zuschlagen würde oder ob nicht doch eventuell ein Wunder geschah.

*

Als die Scheinwerfer die Umrisse der wenigen Häuser erfasste, die sich am linken Rand der holprigen Straße erstreckten, schaute David Heller kurz zu seinem Beifahrer.

„Was meinst du, Hans? Sollen wir versuchen, dort kurz anzuhalten? Patrick braucht einen ordentlichen Verband, und vielleicht helfen uns die Menschen dort."

„Wir wissen es nicht, aber wir können es zumindest versuchen", meinte der Niederländer. „Was meint ihr dazu?" Die Frage galt Evelyn und Patrick Johnson.

„Einverstanden", sagte Evelyn und wartete darauf, dass der Wagen sich den Häusern näherte. „Sie haben uns ja schon bemerkt. Zwei Männer. Aber sie tragen keine Waffen bei sich. Ich steige aus und rede mit ihnen."

„Pass trotzdem auf", riet ihr Heller, aber Evelyn winkte nur ab. Sie wartete, bis Heller den Wagen zum Stehen gebracht und den Motor abgestellt hatte. Dann stieg sie aus und ging auf die beiden Männer zu. Dass sie eine russische Uniform trug, ließ die beiden Männer unsicher werden, deshalb ergriff sie sofort das Wort.

„Keine Sorge – wir sind keine Feinde", wandte sie sich in Russisch an die beiden Männer. „Wir haben einen Verletzten bei uns, der angeschossen wurde. Können wir ihn hier versorgen? Es wird nicht lange dauern. Niemandem von euch wird etwas geschehen."

Die beiden Männer blickten sich kurz an und schienen zu überlegen, wie sie sich verhalten sollten.

„Du bist keine Russin", meinte der ältere der beiden Männer. „Wer seid ihr wirklich?"

„Jedenfalls keine Feinde eures Volkes", antwortete Evelyn. „Können wir unseren Kameraden zu euch bringen? Wir müssen nur den Verband wechseln. Habt ihr vielleicht ein sauberes Tuch und etwas heißes Wasser?"

„Ja", sagte der Mann. „Ich bin Artem Shevchenko. Das hier ist Anatoli Kovalchuk."

„Ich heiße Evelyn", nannte die ehemalige Bundeswehrsoldatin nun ihren Namen und zeigte auf ihre Kameraden, die zwischenzeitlich ausgestiegen waren. „Das sind David, Hans und Patrick." Johnson wurde von Heller gestützt, weil er sein verletztes Bein nicht belasten durfte.

„Ihr seid alle keine Russen", meinte Kovalchuk. „Aber man sollte keinem Verletzten die Hilfe verwehren. Kommt rein."

Evelyn schaute kurz zu den anderen und entspannte sich ein wenig. Dann folgten sie den beiden Männern in das erste Haus links. Dort hielten sich zwölf weitere Männer und Frauen auf, die alle eins gemeinsam hatten: Beim Anblick der russischen Uniformen spiegelten sich Hass und Verachtung in ihren Gesichtern wider, und das sagte den Neuankömmlingen mehr als viele weitere Worte.

„Wir sind keine Russen", fuhr Evelyn nun fort, nachdem Heller ihr mit einem kurzen Nicken zu verstehen gegeben hatte, den Menschen die Wahrheit zu sagen. „Wir wollen nur so schnell wie möglich nach Dnipro. Das ist alles. Und unser Kamerad hier braucht einen neuen Verband."

„Bringt ihn nach nebenan", sagte nun eine der anwesenden Frauen. „Ich schaue nach ihm. Ich habe schon einige Wunden versorgt und weiß, was zu tun ist. Ich heiße Daria Mazur."

„Danke", erwiderte Evelyn, während Heller den verletzten Patrick Johnson in den Nebenraum führte. Dort deutete ihm die Frau an, dass Johnson sich hinlegen sollte, und sie würde sich dann um den Rest kümmern. Heller sprach weder Ukrainisch noch Russisch, aber er sagte auf Deutsch einfach nur „Danke".

„Sie sind Deutscher?", fragte Daria sichtlich erstaunt.

„Ja", antwortete Heller. „Sie sprechen meine Sprache?"

„Nicht gut", erwiderte Daria. „Aber ich verstehe mehr als ich spreche. Sie werden verfolgt?"

„Könnte sein", antwortete Heller etwas zögernd. „Deshalb werden wir nicht lange bleiben, um Sie nicht in Gefahr zu bringen."

Während er das sagte, war Daria bereits damit zugange, sich Patricks Wunde anzuschauen. Sie verzog kurz das Gesicht, als sie den blutigen, notdürftigen Verband beiseitelegte und erst einmal die Wunde vernünftig reinigte. Sie nahm eine kleine Flasche, feuchtete damit ein Tuch an und begann mit der Säuberung. Johnson stöhnte kurz auf.

„Was ist das?", fragte Heller mit einem Blick auf die Flasche.

„Wodka, was sonst?", antwortete Daria. „Beste Medizin hier draußen."

Heller nickte und sah zu, wie die Frau anschließend Johnsons Wunde mit einem neuen Verband versorgte und dann zufrieden nickte.

„Muss bis Dnipro reichen", sagte sie. „Aber der Flughafen ist zerstört."

„Ich weiß. Aber wir hoffen, dass wir von dort sehr schnell weiter nach Kiew kommen", sagte Heller.

„Sie müssen schnell weg", sagte Daria. „Wenn Oberst Petrov Sie findet, dann…"

Sie sprach diesen Satz nicht zu Ende, aber in ihren Augen spiegelte sich große Angst wider. Daraus schloss Heller, dass Petrov und seine Soldaten dieses Dorf schon heimgesucht hatten. Vermutlich mit schlimmen Folgen.

„Was hat er hier gemacht?", fragte er deshalb.

„Männer verschleppt", sagte Daria mit spröder Stimme. „Vor zwei Wochen. Seitdem Schweigen. Sie verstehen?"

„Ja", antwortete Heller. „Aber Sie müssen keine Angst mehr haben. Oberst Petrov ist tot."

Daria war jetzt so überrascht, dass sie gar nicht wusste, was sie darauf erwidern sollte. Deshalb sorgte Patrick Johnson für klare Verhältnisse und ergriff jetzt das Wort, während er sich langsam wieder erhob und der Frau dankbar zunickte. Tatsächlich fühlte er sich jetzt schon etwas besser, und der Wodka hatte fast alles betäubt, was eben noch wehgetan hatte.

„Er ist jetzt in der Hölle", sagte Johnson. „Und ein Teil seiner tschetschenischen Mörder ebenfalls."

„Danke", murmelte Daria, die diese Neuigkeiten nicht gleichgültig bleiben ließ. In ihren Augen glitzerte es feucht, während sie an Heller und Johnson vorbeiging und zurück in den Raum kam, wo die anderen Bewohner der Ansiedlung schon ungeduldig warteten. Heller und Johnson hörten ihre aufgeregte Stimme, und es war klar, was sie jetzt den anderen Leuten zu erzählen hatten.

Als Heller und Johnson dann ebenfalls folgten, gab es keine misstrauischen Blicke mehr, sondern nur Dankbarkeit.

„Die Leute sagen, dass ihr dafür gesorgt hat, dass man wieder an so etwas wie Gerechtigkeit glauben kann", klärte Evelyn ihre Kameraden auf. „Sie sagen, dass sie für uns beten werden und hoffen, dass wir unser Ziel sicher und wohlbehalten erreichen."

„Danke", sagte Heller, und auch Johnson lächelte bei diesen Worten.

„Man gibt uns etwas Proviant mit", fuhr Evelyn fort. „Die Leute haben zwar selbst nicht viel, aber sie sind bereit, das, was sie haben, mit uns zu teilen."

„Sag ihnen, wir brauchen nur etwas Wasser, und vielleicht Brot", fügte Heller hinzu. „Das müsste reichen, bis wir in Dnipro angekommen sind."

Evelyn richtete das aus, und Daria ging zusammen mit Artem Shevchenko in den angrenzenden Raum, um etwas aus der Vorratskammer zu holen. Wenige Augenblicke später kamen die beiden mit einem kleinen Sack zurück. Heller nahm das dankend entgegen und stellte fest, dass in dem Sack wohl auch eine Flasche war. Er öffnete sie, schaute hinein und entdeckte, dass Daria eine Flasche Wodka mit eingepackt hatte.

„Medizin", wiederholte sie auf Deutsch, was sie vorhin schon gesagt hatte. „Der Mann wird wieder gesund."

Evelyn, Heller, de Groot und Johnson schauten sich gegenseitig an. Für sie war es jetzt Zeit, weiterzufahren. Dieser, wenn auch kurze Aufenthalt, hatte doch etwas Zeit gekostet, war aber notwendig gewesen. Und wenn man Johnson anschaute, dann bemerkte jeder sofort, dass es ihm besser ging und die Schmerzen tatsächlich nachgelassen hatten. Er konnte auch schon allein gehen, humpelte nur ein wenig.

Shevchenko, Kovalchuk und Daria begleiteten die drei Männer und die Frau bis zu ihrem Wagen und schauten zu, wie sie einstiegen und Heller den Motor startete. Sekunden später fuhr der Wagen davon.

„Das waren vielleicht sogar Engel", murmelte der sechzigjährige Kirill Koval, der in der Tür stand und beobachtet hatte, wie die nächtlichen Besucher davonfuhren. „Sie waren gewiss sein Werkzeug. Daran glaube ich ganz fest."

„Du meinst wegen dieses Schurken Petrov?", fragte Daria und schaute ihn dabei an.

„Ich habe jede Nacht Gott angefleht, für Gerechtigkeit zu sorgen", murmelte Koval. „Es sieht danach aus, als wenn er meine Gebete erhört hat. Oder hättet ihr geglaubt, dass Petrov jemals bestraft werden würde?"

Er brauchte die anderen nur kurz anzuschauen, um sofort zu erkennen, dass seine Worte auf fruchtbaren Boden gestoßen waren.

Kapitel 7
Major Popows Rache

16. April 2022
Zwischen der russischen Grenze und Dnipro
Gegen 21:30 Uhr

Leo Pieringer fluchte, als er einem Schlagloch in der holprigen Straße nicht rechtzeitig genug auswich und er, Marcel Becaud und Sylvie Durand ziemlich durchgeschüttelt wurden. Geistesgegenwärtig riss Pieringer das Steuer wieder herum, weil die Räder sich drehten und der Geländewagen von der Straße abzudriften begann.

„Bist du okay, Sylvie?", fragte Pieringer, während er kurz in den Rückspiegel schaute. Er hatte nämlich Sylvies Stöhnen gehört, als er mit dem rechten Vorderrad durch das Schlagloch gefahren war.

„Ja", kam ihre knappe Antwort. „Ich habe mir nur den Kopf angestoßen. Ist aber nichts Schlimmes. Fahr einfach weiter, Leo."

„Dann ist es ja gut", erwiderte der österreichische Ex-Legionär. „Hoffentlich wird die Straße bald besser. Der Gedanke, hier irgendwo mit einem kaputten Auto liegenzubleiben, ist nicht gerade berauschend."

„Das wird schon nicht passieren", meinte Becaud. „Du hast doch Erfahrung mit schwer zugänglichen Wegen und Pisten. Im Dschungel war das wohl auch nicht anders, oder?"

„Das schon, aber das macht die Sache auch nicht besser", meinte Pieringer. „Schau mal kurz nach, wie es mit der Zeit aussieht, Marcel. Wir sollten uns rechtzeitig wieder bei den anderen über Telegram melden."

„22:00 Uhr war vereinbart, Leo. Es ist erst 21:30 Uhr. Wir haben also noch jede Menge Zeit."

„Unter Umständen nicht", erwiderte Pieringer mit gepresster Stimme, als er in einiger Entfernung vier Lichtkegel bemerkte. Zwei Autos, die dieser Straße folgten.

Becaud und Sylvie hatten das jetzt auch bemerkt.

„Und jetzt?", fragte Sylvie. „Sie werden uns irgendwann einholen, und dann …"

Pieringer wusste selbst nicht, was er darauf erwidern sollte, aber man konnte ihm ansehen, dass er verzweifelt darüber nachdachte, welche Lösung in dieser Situation am besten war.

Der entscheidende Gedanke kam ihm, als das Licht der Scheinwerfer plötzlich eine Brücke erfasste, unter der ein kleiner Fluss vorbeiführte. Die Brücke sah aus, als wäre sie schon ziemlich in die Jahre gekommen. Sie war aus Holz errichtet worden, und je näher Pieringer den Wagen darauf zusteuerte, umso mehr Details konnte er erkennen. Einige der Holzkonstruktionen am oberen Teil der Brücke waren brüchig. Für Pieringer sah es so aus, als sei die Brücke vor nicht allzu langer Zeit Ziel eines Angriffes aus der Luft gewesen, nur hatte der Angriff sie nicht zerstört. Sie war nach wie vor noch passierbar. Zumindest hofften das Pieringer, Becaud und Sylvie.

„Sie holen auf!", rief Sylvie. „Wir müssen jetzt eine Entscheidung treffen!"

„Sylvie hat recht", fügte Becaud hinzu. „Was schlägst du vor, Leo?"

„Wir postieren uns am anderen Ende der Brücke und warten, bis sie nähergekommen sind", antwortete Pieringer. „Dann jagen wir das erste Fahrzeug mit einer Panzerfaust in die Luft. Das dürfte ihnen einen gehörigen Schrecken einjagen und uns Zeit verschaffen, die Brücke mit einer zweiten Ladung aus der Panzerfaust zum Einsturz zu bringen. Eine bessere Chance haben wir nicht, und die Brücke ist geradezu ideal dafür. Wir müssen nur verhindern, dass sie auf die andere Seite kommen. Dann müssen sie nämlich einen Umweg in Kauf nehmen, und bis dahin sind wir längst weg!"

Pieringer wollte mit diesen Worten Sylvie und Becaud Mut machen, weil er selbst nicht wusste, wie die ganze Sache ausging. Aber in solch kritischen Momenten reagierte er jetzt ruhig und gelassen, weil er einen Plan hatte. Er steuerte den Wagen auf die Holzbrücke zu und bremse ab, weil er misstrauisch wegen der Tragfähigkeit war.

Langsam fuhr er über die Brücke und registrierte bei halb geöffnetem Fenster ein Knirschen und Knacken, das ihm eine Gänsehaut über den Rücken streichen ließ. Wenn die Bretter jetzt brachen, würde der Wagen hinunter in den Fluss stürzen, und daran wollte Pieringer jetzt nicht weiterdenken. Er fuhr weiter, bis die Hinterräder des Geländewagens das Ende der Brücke erreicht hatten und somit schließlich wieder auf sicherem Boden standen. Das war geschafft!

„Los, beeilen wir uns!", rief Pieringer, während er den Wagen hinter einem Felsen zum Stehen brachte. Zusammen mit Sylvie und Becaud stieg er schnell aus und öffnete die hintere Tür des Wagens. Er nahm die Panzerfaust an sich, während Sylvie und Becaud nach den Handfeuerwaffen griffen.

Sie kehrten zurück zur Brücke, gingen dort in Position und warteten darauf, dass die beiden Fahrzeuge nun auf Schussweite herangekommen waren. Pieringer wartete trotzdem noch einen Moment ab, bis das erste der beiden Fahrzeuge die Brücke erreicht hatte. Er atmete noch einmal tief durch, und dann betätigte er die Panzerfaust.

Bruchteile von Sekunden später schlug das Geschoss in der Motorhaube des ersten Wagens mit einer donnernden Explosion ein. Eine rote Flamme erhellte die Nacht, während das Fahrzeug von der Wucht des Aufpralls förmlich zerrissen wurde, und mit ihm auch die Menschen, die sich darin befunden hatten.

Pieringer verlor keine unnötige Zeit mehr, sondern feuerte bereits die zweite Ladung ab. Diesmal zielte er auf die Holzplanken in der Mitte der Brücke. Eine zweite Explosion ertönte, und diesmal flogen Holzstücke und Bretter nach allen Seiten davon. Die Wucht des Einschlages war so groß, dass das lichterloh brennende erste Fahrzeug – oder das, was davon nach der Explosion noch übriggeblieben war – sich nur Seite neigte und in den Abgrund stürzte.

Die gesamte Brückenkonstruktion geriet durch diese beiden Zerstörungen ins Wanken. Weitere Bretter lösten sich, und ein Teil der Brücke neigte sich jetzt gefährlich zur Seite, und ein Pfeiler knickte ein. Noch stand die Brücke, aber in der Mitte befand sich solch ein großes Loch, dass ein Auto nicht mehr darüberfahren konnte. Genau das hatte Pieringer erreichen wollen.

Die Verfolger aus dem zweiten Fahrzeug hatten tatenlos mit zusehen müssen, wie ihre Kameraden in den Tod gerissen worden waren. Jetzt hatten sie ihren ersten Schock überwunden, sprangen aus dem zweiten Fahrzeug und feuerten zahlreiche Schüsse aus ihren Kalaschnikows in die Richtung, wo sie ihre Gegner vermuteten. Aber Pieringer, Becaud und Sylvie waren längst wieder in Deckung gegangen und zogen sich jetzt wieder zurück bis zu ihrem Fahrzeug.

„Das dürfte sie ein wenig aufhalten", meinte Pieringer zu Becaud und Sylvie. „Und wir haben Zeit gewonnen."

Mit diesen Worten startete er den Motor, gab Gas und fuhr davon. Hinter ihnen fielen noch vereinzelte Schüsse, aber keine der Kugeln traf noch ins Ziel.

„Wir müssen uns per Telegram melden", sagte Pieringer, nachdem er einen kurzen Blick auf seine Armbanduhr geworfen hatte. Es war schon spät – fünf Minuten nach der vereinbarten Zeit. „Marcel, erledige du das. Und du kannst ja sagen, dass wir hier noch ein kleines Feuerwerk entzündet und abgewartet haben, bis es zu Ende war."

„Deinen Humor möchte ich haben", sagte Becaud, tat dann aber das, worum Pieringer ihn gebeten hatte.

*

Major Iwan Popow hatte sichtliche Mühe, seine Fassung zu bewahren, als er über Funk die Meldung erhielt, was an der Brücke geschehen war. Nicht nur ein Fahrzeug war zerstört worden, sondern weitere russische Soldaten hatten dabei ihr Leben verloren. Der Major konnte mit solchen Niederlagen nicht umgehen, vor allem dann nicht, wenn sie seiner Meinung nach vermeidbar gewesen wären. „Sofort umkehren!", lautete sein Befehl. „Ihr schließt euch uns wieder an und stoßt zu uns. Oberstleutnant Kusnetzow, geben Sie diesen Versagern unsere derzeitige Position durch. Verstanden?"

„Zu Befehl", sagte Kusnetzow, der wieder mal die schlechte Laune des Majors abbekam, weil er mit ihm zusammen in dem URAL-Geländewagen saß. „Ich kümmere mich sofort darum."

„Das will ich auch hoffen", fügte Popow in strengem Ton hinzu, und das spornte Kusnetzow noch mehr an, diesen Befehl unverzüglich auszuführen. Popow hörte jedoch nur noch mit halbem Ohr zu, sondern konzentrierte sich auf die vor ihm liegende Straße. Nach seiner Kenntnis musste sie an einer kleinen Ansiedlung vorbeiführen. Wenn dort jemand vorbeigekommen war, dann mussten das die Bewohner auch bemerkt haben. Also würde er diesen Leuten einige Fragen dazu stellen, und Gnade ihnen Gott, wenn sie nicht die Wahrheit sagten.

„Waren Sie schon mal hier, Oberstleutnant?", fragte Popow, nachdem Kusnetzow die Anweisungen per Funk weitergegeben hatte. „Wir fahren direkt auf ein kleines Dorf zu. Dort werden wir sehr schnell erfahren, ob die Leute etwas bemerkt haben."

„Ich selbst war noch nicht hier, Major", erwiderte Kusnetzow. „Aber Oberst Petrov und seine Tschetschenen schon. Erinnern Sie sich an die jungen Männer, die er vor zwei Wochen ins Lager gebracht hat? Ich glaube mich daran zu erinnern, dass er von einem kleinen Dorf gesprochen hat. Das könnte tatsächlich dieses Dorf sein, dem wir uns jetzt nähern."

„Wir werden es gleich wissen", meinte Popow und fuhr weiter. Knapp zehn Minuten später erfassten die beiden Scheinwerfer einige Häuser, und Popow drosselte die Geschwindigkeit.

„In einigen Häusern brennt ja noch Licht", stellte Kusnetzow verwundert fest. „Um diese späte Uhrzeit?"

„Das habe ich auch gerade gesehen", fügte Popow hinzu. „Wir werden gleich den Grund dafür erfahren."

Er lenkte den Wagen rechts von der Straße, und die beiden, ihm folgenden Fahrzeuge drosselten ebenfalls ihr Tempo und kamen wenige Augenblicke später zum Stehen. Popow stellte den Motor ab, stieg aus, und Kusnetzow folgte ihm. Auch die anderen Soldaten und die tschetschenischen Söldner waren zwischenzeitlich ausgestiegen und hielten ihre Kalaschnikows schussbereit, weil sie wussten, dass man selbst in solch abgelegenen Ansiedlungen immer mit plötzlichen Vorfällen rechnen musste.

„Nehmt euch die Häuser vor und holt alle raus!", lautete Popows Befehl. „Beeilt euch!"

Die Soldaten spurteten los. Nur wenige Augenblicke später waren ängstliche Schreie und laute Flüche zu hören. Die Tschetschenen fackelten nicht lange und trieben die Bewohner des ersten Hauses gewaltsam ins Freie. Ein älterer Mann, der nicht schnell genug war, wurde von einem Kolbenhieb zu Boden geschleudert, wo er stöhnend liegenblieb. Die Soldaten kannten jedoch keine Gnade und rissen ihn sofort wieder hoch. Sie dirigierten ihn zu den anderen Männern und Frauen, die man mittlerweile aus ihren Häusern geholt hatte und sie sich nun vor den Soldaten in einer Reihe aufstellen mussten.

Popow verschränkte beide Arme vor der Brust und musterte die eingeschüchterten Menschen wie lästige Insekten, die man mit dem Stiefel einfach zertreten konnte. Einige Soldaten richteten die Lichtkegel ihrer Taschenlampe direkt auf die Gesichter der Menschen. Eine Frau weinte, und eine andere, die etwas älter war, hatte den Kopf gesenkt, aber sie zitterte dabei am ganzen Körper.

Auch die Männer hatten Angst, und einige von ihnen wichen den prüfenden Blicken des Majors aus. Popow fragte, sich warum das so war. Irgendwie hatte er den Eindruck, als hätten die Dorfbewohner ein schlechtes Gewissen.

„Ich bin Major Iwan Popow", sagte er zu den Dorfbewohnern. „Vielleicht haben einige von euch schon von mir gehört. Wenn nicht, dann werdet ihr mich kennenlernen!"

„Was … was wollen Sie von uns, Major?", ergriff einer der Dorfbewohner das Wort. Aber bevor er weitersprechen konnte, ging einer der Soldaten auf ihn zu und versetzte ihm einen Schlag ins Gesicht, der den Mann zurückstieß.

„Wie heißt du?", fragte ihn Popow.

„Shevchenko", kam sofort die Antwort. „Artem Shevchenko."

„Shevchenko – du und die anderen habt erst dann zu sprechen, wenn ihr direkt gefragt werdet", lautete Popows Antwort. „Ist das klar?"

Der Ukrainer nickte nur.

„Sehr schön", fuhr der Major fort. „Ich sehe, wir haben uns verstanden. Also, es geht um Folgendes: Hattet ihr Besuch an diesem Abend? Von Männern in russischen Uniformen, die aber keine Russen waren?"

Schweigen! Keiner der Bewohner antwortete etwas darauf.

„Nun gut", sagte Popow. „Dann wollen wir uns mal selbst davon überzeugen, was Sache ist. Durchsucht die Häuser!", befahl er seinen Soldaten. „Wenn ihr irgendetwas Auffälliges findet, will ich das sofort wissen!"

Noch während er diesen Befehl erteilte, tauchten in der Dunkelheit die Scheinwerfer von drei anderen Fahrzeugen auf. Popow grinste. Das gefiel ihm jetzt umso besser, denn nun ließ sich sein Vorhaben noch viel schneller umsetzen.

Während die ersten Soldaten bereits in die Häuser eindrangen und dort alles auf den Kopf zu stellen begannen, hielten die anderen Militärfahrzeuge an. Popow verlor keine unnötige Zeit und befahl den Soldaten, sich den anderen anzuschließen und in den Häusern alles auf den Kopf zu stellen. Er genoss es, zu sehen, wie eingeschüchtert die Bewohner jetzt waren und vermutlich mit dem Schlimmsten rechneten. Das würde auch tatsächlich so sein, wenn sich herausstellte, dass die Bewohner den flüchtigen Gegnern in irgendeiner Weise geholfen hatten.

Fünf Tschetschenen hatten ihre Waffen auf die Bewohner gerichtet und warteten nur noch auf den Befehl des Majors. Dann würden sie ohne Gnade das Feuer auf diese Menschen eröffnen.

Bange Minuten vergingen. In den Häusern waren polternde Geräusche zu hören und das Zerbrechen von Glas. Es bedurfte keiner großen Phantasie, um sich vorzustellen, dass die Soldaten bei ihrer Suche absolut rücksichtslos vorgingen und einfach alles zerschlugen, was sie daran hinderte, den Befehl auszuführen. Den Dorfbewohnern blieb nichts anderes übrig, als das zu ertragen, auch wenn das bedeutete, dass die Soldaten das zerstörten, was sie noch besaßen.

Schließlich kam einer der Soldaten aus dem ersten Haus. Er hielt in seiner Hand etwas, das er voller Stolz dem Major präsentierte. Es war ein Tuch, das blutige Flecken aufwies.

„Sehr interessant", sagte Popow, als er das Tuch an sich nahm und es mit den Fingerspitzen abtastete. „Das scheint ja noch sehr frisch zu sein. Wen habt ihr verbunden? Ich höre!"

Wieder schwiegen alle. Daraufhin gab Popow einem der Tschetschenen ein kurzes Zeichen. Der trat einen Schritt vor und zielte mit seiner Kalaschnikow auf eine Frau.

„Die Frau stirbt, wenn ihr nicht redet!", rief Popow.

„Wir … wir wussten doch nicht, dass es Feinde sind!", ergriff nun einer der Bewohner das Wort und hob abwehrend beide Hände. „Sie trugen russische Uniformen und sprachen auch russisch. Wir dachten, es wären Soldaten, die von einem Einsatz kamen und einen Verletzten bei sich hatten. Deswegen haben wir ihnen geholfen."

„Ah", sagte Popow mit einem zufriedenen Nicken. „Du willst mir also erklären, dass jeder von denen russisch gesprochen hat, oder?"

„Nein", kam sofort die Antwort. „Es war nur eine Soldatin, die mit uns direkt gesprochen hat und ..."

„Ich will jetzt alles wissen!", unterbrach ihn Popow. „Erzähle alles, was du weißt. Danach werde ich entscheiden, was zu tun ist."

Daraufhin schilderte der Mann dem russischen Major, was geschehen war. Er sprach in kurzen, einfachen Sätzen, und die Miene Popows verdüsterte sich immer mehr.

„In welche Richtung sind sie gefahren?", wollte Popow schließlich wissen.

„Sie sind der Straße gefolgt", lautete die Antwort des Mannes. „Mehr weiß ich nicht."

„Ihr habt Feinden Russlands geholfen, zu entkommen", sagte Popow nach einigem Überlegen. „Dafür kann es nur eine Antwort geben. Brennt alles nieder! Dieses Dorf muss vom Erdboden getilgt werden. Hier ist kein Platz mehr für Verräter und Kollaborateure!"

Die Tschetschenen und die anderen Soldaten hatten längst geahnt, worauf das Ganze hinauslief. Sie setzten Popows Befehl innerhalb weniger Minuten um. Als die ersten Flammen in den Fenstern eines Hauses zu sehen waren, die rasch um sich griffen, trat ein alter Mann einen Schritt nach vorn, reckte drohend die Faust empor und schrie: „Tod den Russen! Freiheit für die Ukraine!"

Noch während die letzte Silbe über seine Lippen kam, hatte ein Tschetschene bereits seine Kalaschnikow hochgerissen. Er schaute kurz zu Major Popow und sah, wie dieser nickte. Daraufhin drückte der Tschetschene ab. Mehrere Kugeln trafen den alten Mann und stießen ihn nach hinten. Er schlug nur wenige Schritte von dem Haus entfernt auf dem Boden auf, in dem er einst gelebt hatte. Aber da war er bereits tot.

Die Menschen, die hatten mitansehen müssen, wie der alte Mann einen sinnlosen Tod gestorben war, wussten nicht, was sie tun sollten. Sie rechneten damit, dass sie nun ebenfalls gleich an der Reihe waren und dass ihr Dorf ebenfalls ein Teil der Säuberungsaktionen sein würde, wie man sich bereits über andere Orte erzählt hatte.

„Einsteigen!", erklang Major Popows Befehl, nachdem er festgestellt hatte, dass die brennenden Häuser niemand mehr löschen konnte. Die Flammen hatten bereits die Dächer erfasst. Das Holz war so trocken, dass es lichterloh brannte. Das Dach desjenigen Hauses, das die Soldaten zuerst angezündet hatten, fiel mit einem berstenden Geräusch in sich zusammen. Funken stoben hoch in den Nachthimmel empor, und beißender Rauch legte sich auf die Atemwege der Menschen, die zusehen mussten, wie alles, was sie jemals besessen hatten, von den Flammen verzehrt wurden.

Währenddessen fuhren die russischen Militärfahrzeuge einfach weiter. Sie hatten Tod und Verwüstung zurückgelassen. Aber Major Popow dachte nicht mehr daran. Vielmehr beschäftigten sich seine Gedanken mit der Tatsache, dass er wusste, welchen Weg die flüchtigen Feinde genommen hatten und dass er alles dransetzen würde, diese Bastarde einzuholen und zu vernichten.

Kapitel 8
Unerwartete Probleme

16. April 2022
Zwischen der russischen Grenze und Dnipro
Gegen 22:30 Uhr

„Was das wohl für ein Feuerwerk war?", fragte sich Maria Hernandez, nachdem sie die Nachricht auf Telegram gelesen hatte. „Das klingt nach Schwierigkeiten, aber wollen wir mal das Beste hoffen, dass Marcel, Leo und Sylvie noch einmal Glück gehabt haben."

„Da bin ich mir eigentlich sicher", meinte Bill Taylor, der den Wagen steuerte. Maria saß neben ihm und Ben Cutler auf dem Rücksitz. „Ich denke, das ist Leos Art, gewisse Dinge zu umschreiben."

„Wir werden es bald erfahren", ergriff nun auch Cutler das Wort. „Hauptsache, wir kommen in dieser Nacht so weit wie möglich und können unsere Verfolger abschütteln. Sollten wir in eine Kontrolle geraten, dann könnte das Probleme geben trotz unserer Dokumente. Keiner von uns sieht aus wie ein Russe."

„Es hieß, die Dokumente würden jeder Überprüfung standhalten", sagte Taylor. „Wir haben gewissermaßen einen Diplomatenstatus, der von Putin höchstpersönlich abgesegnet worden ist. Ich kann mir nicht vorstellen, dass das jemand überprüfen wird, wenn er dadurch Ärger bekommen könnte."

Die schwarzhaarige Mexikanerin wollte gerade etwas erwidern, aber genau in diesem Moment begann der Motor zu stottern, und auf dem Armaturenbrett leuchteten gleich zwei rote blinkenden Lichter auf. Das war kein gutes Zeichen!

„Scheiße!", stieß Taylor hervor und schaute dabei zu Cutler. „Das sieht nicht gut aus."

„Was ist es?", fragte Maria, aber die Antwort bekam sie wenige Augenblicke später, als Taylor feststellte, dass das Gaspedal keine Reaktion mehr zeigte und der Wagen immer langsamer wurde. Deshalb blieb Taylor nichts anderes übrig, als das Militärfahrzeug an den rechten Straßenrand zu lenken und zum Stehen zu bringen. Gleichzeitig erstarb der Motor mit einem beunruhigenden Geräusch.

Taylor konnte Marias Frage nicht beantworten. Er stieg einfach aus und stellte fest, dass aus dem Auspuff eine schwarze Qualmwolke stieg, die seine Atemwege reizte und einen Hustenreiz bei ihm auslöste. Unter der Motorhaube stieg ebenfalls ein Geruch empor, der Taylor sagte, dass das Problem noch größer geworden war.

Cutler kam mit einer Taschenlampe herbeigeeilt, und Maria war ebenfalls ausgestiegen. Ihr Blick spiegelte das wider, was auch Taylor und Cutler schon längst befürchtet hatten, nur versuchten sie, sich das nicht zu deutlich anmerken zu lassen.

Cutler öffnete die Motorhaube und leuchtete mit der Taschenlampe hinein. Der Geruch nach verschmorten Kabeln verstärkte sich noch. Aber weder er noch Taylor kannten sich mit der Technik von russischen Militärfahrzeugen im Detail aus. Deshalb tat Cutler das, was er in solch einem Fall auch bei einem Fahrzeug westlicher Bauart getan hätte: Er überprüfte den Ölstand. Das dauerte allerdings fast zwei Minuten, bis er sich dort zurechtgefunden hatte und entdeckte, wo sich der Messstab für das Öl befand. Als er ihn herauszog, war sein Blick ernst, aber er vergewisserte sich noch ein zweites Mal, und dann war das Ergebnis eindeutig. Das Ende des Stabes war knochentrocken. Da war noch nicht einmal ein Tropfen Öl vorhanden, und das hatte fatale Auswirkungen auf den Motor gehabt, denn die Kolben hatten sich wahrscheinlich mangels Öl jetzt festgefressen, und das bedeutete das Ende.

„So ein Mist aber auch!", rief Cutler. „Ausgerechnet jetzt!"

„Wer weiß, wie viele Jahre die Kiste schon auf dem Buckel hatte, als wir eingestiegen sind", meinte Taylor. „Dabei hat man doch alle Fahrzeuge gecheckt, bevor wir sie übernommen hatten. Zumindest hat man uns das versichert."

„Jetzt bleibt uns wohl nichts anderes übrig, als unseren Weg zu Fuß fortzusetzen", sagte Maria. „Dreihundert Kilometer. Wir müssen uns was einfallen lassen."

„Wir nehmen die Waffen und marschieren einfach weiter", schlug Cutler vor. „Eine andere Lösung wüsste ich jetzt auch nicht."

„Warte mal", meinte Taylor. „Wir haben doch Verfolger im Nacken. Was ist, wenn wir uns hier irgendwo postieren und abwarten, bis sie hier sind?"

„Das klingt nach einem Selbstmordkommando, Bill", gab Maria zu bedenken. „Wir wissen nicht, mit wie vielen Gegnern wir zu rechnen haben und ..."

„Da hast du Recht", fiel ihr der Ex-Navy SEAL aus Texas in Wort. „Aber hast du eine andere Lösung zu bieten? " Dass Maria nicht gleich etwas darauf erwiderte, sagte ihm genug als weitere Vorschläge, die in dieser Situation höchstwahrscheinlich auch nicht weiterhelfen.

„Man soll stets das tun, womit der Gegner nicht rechnet", sagte nun auch Cutler, nachdem er die Motorhaube wieder geschlossen hatte. „Versucht euch doch mal in die Gedanken der Russen hineinzuversetzen. Die sind hinter uns her, weil sie uns unbedingt erwischen wollen. Jetzt sehen sie das liegengebliebene Militärfahrzeug und werden auch sofort erkennen, dass die Kiste den Geist aufgegeben hat. Und was tut jemand, der verfolgt wird und weiß, dass seine Gegner immer näherkommen? Er flüchtet weiter! Aber dass wir uns in Wirklichkeit hier postiert haben und nur darauf warten, dass wir ihnen eine böse Überraschung bereiten werden – darauf werden sie erst kommen, wenn es schon zu spät ist. So sollten wir es jedenfalls machen."

Wenige Augenblicke später holten sie ihre Waffen aus dem Fahrzeug und postierten sich zu beiden Seiten der Straße. Jetzt hieß es warten.

*

Konstantin Iwanow lächelte siegesgewiss und schaute dabei zu seinem Beifahrer, nachdem er den Funkspruch vernommen hatte.

„Der Major ist auf der richtigen Spur", sagte er zu seinem Kameraden Igor Smirnow. „Und wir werden die anderen Spione auch bald einholen. Sie werden nicht entkommen", meinte er im Brustton der Überzeugung, während er das URAL-Geländefahrzeug weiter über die schmale Straße in Richtung Nordwesten steuerte. „Darauf würde ich wetten."

„Glaubst du, sie versuchen nach Dnipro zu kommen?", fragte Smirnow.

„Was sonst?", entgegnete Iwanow. „Vermutlich glauben sie dort sicher zu sein." Er lachte verächtlich bei diesen Worten. „Dabei ist es nur noch eine Frage der Zeit, bis unsere Truppen bald auch vor dieser Stadt stehen. Den Flughafen haben wir ja schon zerbombt. Da können keine Passagier- oder Transportmaschinen mehr landen. Ich sage dir, das ist erst der Anfang unseres Siegeszuges, Igor. Niemand wird uns aufhalten können – und erst recht keine Spione."

„Aber Oberst Petrov ist trotzdem tot", gab Smirnow zu bedenken. „Und damit hat nun wirklich keiner gerechnet."

„Der Tod gehört zum Leben eines jeden Soldaten. Und da gibt es auch keine Ausnahmen für Offiziere", hielt Iwanow dagegen.

„Lass sowas ja nicht Major Popow hören", sagte Smirnow. „Der würde dich für sowas gleich in eine sibirische

Strafkolonie senden, weil du keine Achtung mehr vor vorgesetzten Offizieren hast."

„Jetzt beruhige dich mal", meinte sein Kamerad mit einer beschwichtigenden Geste. „Soweit wird es schon nicht kommen. Wir haben jetzt erst mal Wichtigeres zu tun."

Smirnow wollte gerade etwas darauf erwidern, brach dann aber abrupt ab, als die beiden Lichtkegel der Scheinwerfer in knapp 50 Metern Entfernung plötzlich ein Fahrzeug am rechten Straßenrand erfassten. Es war ein URAL-Geländewagen vom Typ 4320, das am meisten verwendete Fahrzeug in der russischen Armee für solche Einsätze.

Sofort bremste Smirnow ab, weil ihm das nicht ganz geheuer vorkam, aber schlich sich ein Grinsen in seine bärtigen Züge, während das Fahrzeug immer deutlicher in Sicht kam.

„Jetzt dauert es nicht mehr lange, bis wir diese Hunde erwischen, Konstantin", sagte Smirnow. „Du wirst sehen, bald haben wir das Problem gelöst."

Er brachte den Wagen wenige Meter von dem anderen Fahrzeug entfernt zum Stehen, ließ aber den Motor laufen, während er nach der Kalaschnikow griff und Iwanow zunickte, ebenfalls auszusteigen. Der schlug daraufhin mit der rechten Faust gegen die Wand, um seinen übrigen zwölf Kameraden zu signalisieren, dass sie ebenfalls herauskommen sollten.

Beide stiegen aus. Die anderen Soldaten befanden sich hinter ihnen, und zwei von ihnen hatten Taschenlampen in den Händen, um das Gelände abzuleuchten. Aber nach wie vor blieb alles still. Kein Mensch war weit und breit zu sehen, und Smirnow kam ein plötzlicher Gedanken, als er auf einmal etwas roch.

„Das sieht für mich nach einem Motorschaden aus, Igor", meinte Iwanow, der den Geruch ebenfalls registriert hatte. „Also sind sie zu Fuß weiter. Aber sie werden nicht weit kommen, weil …"

In diesem Augenblick zerriss das Aufbellen mehrerer Schüsse die Stille der Nacht. Zwei Soldaten, die nur wenige Schritte von Smirnow und Iwanow standen, brachen zusammen und wälzten sich vor Schmerzen am Boden. Drei weitere Soldaten eröffneten jetzt das Feuer auf die Stelle, von der die Schüsse gekommen waren, und auch die anderen Soldaten schossen jetzt.

Dann fielen weitere Schüsse, diesmal von der anderen Straßenseite – und weitere drei Soldaten brachen im Kugelhagel zusammen. Smirnow selbst wurde von einer Kugel in die linke Schulter getroffen und schrie auf, während er seine Kalaschnikow fallen ließ, weil sie ihm auf einmal merkwürdig schwer vorkam. Er taumelte und stieß mit der verletzten Schulter gegen den Wagen, und das intensivierte den Schmerz noch.

Er ging in die Knie und sah zu seinem Entsetzen, dass auch Iwanow niedergeschossen worden war. Er bewegte sich nicht mehr, und was das bedeutete, wusste er.

Er hörte eine drohende Stimme im Dunkel der Nacht. Smirnow verstand jedoch kein Englisch und wusste nicht, was das zu bedeuten hatte. Aber der Ton war eindeutig.

„Nehmt die Waffen runter!", rief er den Soldaten zu. „Sonst sind wir alle tot!"

Da war nichts mehr übrig von der heldenhaften Entschlossenheit, die er vorher noch gepredigt hatte. Smirnow hatte einfach nur Angst davor, sterben zu müssen, und das galt auch für die anderen russischen Soldaten. Einige von ihnen waren noch sehr jung und teilweise sogar zwangsrekrutiert worden, um in der Ukraine zu kämpfen. Man hatte ihnen allen großartige Versprechungen von Ruhm und Ehre für das Vaterland gemacht, aber mittlerweile wussten die meisten Männer, dass der Krieg immer eine dreckige und sehr blutige Seite hatte. Und genau das hatten sie jetzt am eigenen Leib erfahren müssen!

*

„Ergebt euch!", schrie Bill Taylor. „Sonst seid ihr alle tot!" Er wusste nicht., ob die Russen das wirklich verstanden hatten, aber seinen drohenden Worten folgte noch eine weitere Salve aus der Waffe, und das schien den endgültigen Ausschlag gegeben zu haben.

Die Russen warfen ihre Waffen weg und hoben die Hände. Die meisten waren entweder tot oder schwerverletzt, aber das ließ sich nicht ändern. Hier ging es nur ums Überleben, und der Stärkere würde gewinnen – in diesem Fall Taylor, Cutler und Maria Hernandez.

Als ganz sicher war, dass von den Gegnern keine Gefahr mehr drohte, wagten sich auch Cutler und Maria aus ihrer Deckung und gingen mit vorgehaltenen Waffen auf die Soldaten zu. Diejenigen, die noch am Leben waren, ließen keinen Zweifel daran, dass sie jeglichen Gedanken an Widerstand aufgegeben hatten.

„Zurück!", sagte Cutler und vollzog mit der linken Hand noch eine eindeutige Bewegung, die die Russen auch verstanden, selbst, wenn sie kein Englisch sprachen. Auf jeden Fall gehorchten sie und traten einige Schritte zurück.

In der Zwischenzeit sammelte Maria die Waffen ein und trug sie zu dem Militärfahrzeug, mit dem die Soldaten gekommen waren.

„Der Schlüssel steckt noch, Ben!", rief Maria. „Wir können sofort weiter!"

„Starte zuerst mal den Motor!", sagte Cutler. „Sicher ist sicher."

Maria tat das, und nur zwei Sekunden später zeigte das satte Brummen des Motors, dass es hier keine Probleme gab.

„Helft ihm!", sagte Cutler zu den Soldaten und zeigte dabei auf den verwundeten Russen, der sich am Boden wälzte und eine Kugel in der Schulter abbekommen hatte. „Worauf wartet ihr noch?"

Cutlers Gesten und Mimik waren ein deutlicher Beweis dafür, dass man auch ohne Kenntnisse der russischen Sprache sein Ziel erreichen konnte. Die Russen waren so eingeschüchtert, dass sie wahrscheinlich glaubten, ihre Gegner besäßen übersinnliche Kräfte, und Cutler hatte nichts dagegen, die Soldaten in dem Glauben zu lassen.

„Proshchaniye!", sagte Cutler zu den Soldaten, bevor er als letzter in den Wagen stieg. Das hieß übersetzt *Leb wohl* und war vermutlich das Einzige, was Cutler auf Russisch gelernt hatte. Es ausgerechnet in dieser Situation so treffend formulieren zu können, machte ihm sogar Spaß.

Taylor hatte bereits den Motor gestartet und fuhr los. Keiner der Russen konnte etwas dagegen unternehmen. Sie mussten tatenlos zusehen, wie das Militärfahrzeug in der Nacht verschwand. Und sie blieben zurück. Ohne Waffen und ohne Fahrzeug. Major Popow würde sie alle zum Teufel jagen, wenn er das erst erfuhr. Aber selbst das änderte nichts daran, dass Cutler, Taylor und Maria wieder etwas Zeit gewonnen hatten. Zeit, die sie dringend brauchten, um rechtzeitig ihr Ziel zu erreichen.

*

17. April 2022
Auf dem Weg nach Dnipro
Kurz nach Mitternacht

Evelyn Berg hatte Heller am Steuer abgelöst, nachdem dieser auf dem hinteren Sitz Platz genommen hatte. Ein kurzer Blick zu Patrick Johnson zeigte ihm, dass es dem Engländer deutlich besser ging. Er hatte keine Schweißperlen auf der Stirn und war auch nicht mehr so blass.

Heller hatte deshalb den leisen Verdacht, dass es nicht nur hochprozentiger Wodka war, mit dem die Frau Johnsons Wunde behandelt hatte, sondern das sich in der Flasche nach andere Ingredienzen befunden hatten. Aber egal, Hauptsache es hatte geholfen.

„Da kommt eine Nachricht von Maria!", sagte de Groot der gerade das Signal auf seinem Handy bemerkt hatte.

„Was sagt sie?", fragte Heller sofort und registrierte, dass der Niederländer grinsen musste.

„Maria, Ben und Bill hatten eine kurze Begegnung mit einem russischen Soldatentrupp", klärte ihn de Groot auf. „Ihr Fahrzeug hatte einen Motorschaden und ist liegengeblieben. Sie sind aber dortgeblieben, haben sich versteckt und das Eintreffen der Verfolger abgewartet. Es gab einen kurzen Schusswechsel mit einigen Verlusten auf der russischen Seite. Dann haben sie deren Fahrzeug genommen und sind jetzt weiter auf dem Weg in Richtung Dnipro."

„Sehr gut", meinte Heller. „Es läuft also immer noch alles nach Plan. Ich bin zuversichtlich, dass das auch so bleibt."

„Warten wir mal ab", fügte Evelyn hinzu. „Man soll den Tag nicht vor dem Abend loben, heißt es doch immer.

„Genauso wie das Glas halb voll, aber auch halb leer sein kann", sagte Johnson.

„Aus dir wäre ein guter Philosoph geworden, Patrick", erwiderte Evelyn. „Ich wusste schon immer, dass du gewisse intellektuelle Tendenzen hast. Jetzt bestätigt sich das."

Da mussten alle drei wirklich kurz lachen. Aber das tat auch irgendwie gut, denn nach wie vor mussten sie noch gut 250 Kilometer zurücklegen. Unter diesen Gegebenheiten konnten noch so einige Hindernisse auf sie warten. Aber zumindest in diesem Moment fühlten sie sich sicher.

„Ich teile unseren Kameraden jetzt unseren Standort mit", meinte Heller nach kurzem Überlegen. „Sie dürften ihre Verfolger abgeschüttelt haben und können jetzt wieder zu uns stoßen. Die restliche Strecke legen wir dann wieder in einem Konvoi zurück. Ich glaube nicht, dass wir mit den Russen jetzt noch viel Ärger bekommen."

„Da wäre ich an deiner Stelle nicht so sicher", gab Evelyn zu bedenken, während Heller die Nachricht absetzte. „Wir haben den Russen empfindliche Verluste zugefügt. Das werden die nicht so ohne weiteres hinnehmen."

„Wir verlassen doch bald das russische Einflussgebiet", meinte Johnson. „Glaubst du, die würden sich mit ukrainischen Truppen anlegen wollen? Dazu brauchen sie mindestens ein ganzes Bataillon, um irgendetwas bewirken zu können."

„Wir wissen es letztendlich nicht", erwiderte Evelyn. „Aber wir sollten dennoch vorsichtig bleiben. Am Ziel sind wir noch lange nicht, und außerdem weiß keiner von uns, wie die Lage vor Ort in Dnipro zurzeit ist. Der Flughafen wurde doch erst vor kurzem zerstört. Vielleicht halten sich noch einige russische Verbände in dieser Region auf. Kannst du da etwas herausfinden, Hans? ", fragte sie.

„Ich bin schon dabei", meinte de Groot. „Mal sehen, wann wir Antwort bekommen. Ich habe jedenfalls Kiew gerade kontaktiert."

„Gut, dann konzentrieren wir uns jetzt auf die Strecke, die noch vor uns liegt. Wenn ich Dich wieder am Steuer ablösen soll, dann sag es ruhig, Evelyn. Ich bin noch nicht müde."

„Bist du sicher?" Evelyns Stimme klang ein wenig zweifelnd.

„Absolut sicher", antwortete Heller.

„Na gut, dann würde ich jetzt sagen, dass wir in einer Stunde wechseln. Einverstanden?"

„Natürlich", lautete Hellers Antwort. Nach außen hin wirkte er gelassen, aber er ertappte sich immer wieder dabei, dass er sich ab und zu umdrehte und nach hinten schaute. Erneut wurde er sich bewusst, dass er und sein Team ein verdammt hohes Risiko eingegangen waren, um Oberst Petrov zu liquidieren. Es war eigentlich ganz leicht gewesen, aber nun wurde ihm klar, dass es mit dem Liquidieren des Gegners nicht getan war. Jetzt brauchten sie wirklich Unterstützung von außerhalb, um wirklich keine Probleme zu bekommen.

Als das *Kommando ZERO*-Team seinen Einsatz in Afghanistan gehabt hatte, war das zwar auch risikoreich, aber dennoch viel einfacher gewesen. Denn zu diesem Zeitpunkt waren die Taliban erst auf dem Vormarsch nach Kabul gewesen. Aber hier in der Ukraine waren sie völlig auf sich selbst gestellt und befanden sich inmitten von kriegerischen Auseinandersetzungen, die ihren Höhepunkt noch lange nicht erreicht hatten. Die Bedrohung durch Petrov und seine Leute existierte zwar nicht mehr, aber das änderte nur wenig an der ganzen Situation. Sie hatten der russischen Armee einen schmerzhaften Nadelstich versetzt, aber nicht mehr.

„Gerade kommen Nachrichten von den anderen Kameraden!", unterbrach de Groot Hellers Gedankengänge. „Sie können in einer knappen Stunde mit uns zusammentreffen. Von da an wären es noch ungefähr 150 Kilometer bis nach Dnipro."

„Das ist nicht mehr weit", meinte Heller. „Also sehen wir zu, dass wir uns beeilen."

*

17. April 2022
Irgendwo südöstlich von Dnipro
Gegen 1:00 Uhr

Major Popow sah die Lichtkegel der Taschenlampen, die in der Nacht gut zu erkennen waren. Er drosselte das Tempo, bis er schließlich die Stelle erreichte, wo sich die Soldaten befanden, die den Kampf mit den unbekannten Gegnern überlebt hatten.

Oberstleutnant Boris Kusnetzow hatte nicht alles mitbekommen, als der Funkspruch den Major erreicht hatte. Es hatte noch einen unangenehmen Zwischenfall gegeben, und das hatte weitere Soldaten das Leben gekostet. Seit diesem Augenblick war der Major sehr schweigsam geworden. Aber sein wütender Gesichtsausdruck sagte genug. Es war die zweite Niederlage, die er und seine Männer erlitten hatten.

„Bin ich denn nur von Versagern und Feiglingen umgeben?", fragte der Major mit gepresster Stimme. „Wenn diese Nachricht nach Moskau vordringt, dann werden hier einige Köpfe rollen, Oberstleutnant. Wir müssen diese Spione einholen – koste es, was es wolle!"

Kusnetzow kam nicht mehr dazu, darauf etwas zu erwidern, denn in diesem Moment brachte Major Popow das Militärfahrzeug zum Stehen. Er stellte den Motor ab, stieg aus, und der Oberstleutnant tat das ebenfalls. Die anderen Fahrzeuge hielten ebenfalls an, während Popow auf einen der Soldaten zuging und ihn mit einem Blick anschaute, der den Soldaten vor Angst zittern ließ.

„Ich will alles wissen!", sagte Popow. „Ich höre!"

„Es ging alles viel zu schnell, Major", sagte der Soldat und geriet schon bei diesen Worten etwas ins Stottern. Das verärgerte den Major noch mehr, und deshalb packte er den Mann an seiner Uniformjacke und zog ihn ganz dicht zu sich heran.

„Ich will keine Entschuldigungen hören, sondern Fakten!", wies er den sichtlich eingeschüchterten Soldaten zurecht. „Ich warte!"

Der Soldat schluckte und versuchte ruhig zu bleiben, weil er wusste, dass er sich jetzt auf ganz dünnem Eis be-

111

wegte. Er schilderte den Angriff aus dem Hinterhalt aus seiner Sicht und zählte alle Fakten auf. Popow nickte und unterbrach den Soldaten dabei nicht. Aber was er in Wirklichkeit dachte, das konnte man ihm ansehen. Er hielt den Soldaten und dessen überlebende Kameraden für absolute Versager, und das sollten sie nun auch zu spüren bekommen.

„Ihr Idioten habt euch nicht nur überrumpeln lassen, sondern habt auch noch zugelassen, dass euch das Fahrzeug gestohlen wurde!", schrie ihn der Major an. „Was für Jammerlappen seid ihr eigentlich? Ihr seid es nicht wert, die russische Uniform überhaupt tragen zu dürfen! Das wird Konsequenzen für euch haben. Freut euch schon auf Sibirien. Dort werdet ihr die nächsten Jahre eures Lebens verbringen, falls ihr nicht jetzt schon im Kampf sterbt. Vielleicht ist das sogar eine bessere Lösung, denn dann müssen eure Familien nicht ihre Köpfe für eure Unfähigkeit hinhalten. Wohin sind diese Hunde gefahren?"

„In Richtung Dnipro", sagte der Soldat, der den Zorn des Majors zu spüren bekam. „Zumindest glaube ich das. Sie haben in einer Sprache geredet, die ich nicht verstanden habe. Es klang aber wie Englisch."

„Ah", sagte Popow. „Wie sahen diese Bastarde aus?"

„Zwei Männer und eine Frau. Die Frau hatte schwarze Haare und sah südländisch aus, Major. Der eine der beiden Männer war schwarz und hatte eine Glatze. Er sah aus wie ein Bodybuilder."

„Da fährt also ein Schwarzer in aller Seelenruhe durch russisches Militärgebiet, und keiner kontrolliert oder stoppt ihn!", sagte Popow und spuckte wütend aus. „Ihr seid alle blind! Das ist der Beweis, dass die westlichen Mächte in den Krieg eingetreten sind. Moskau muss das erfahren, sobald wir sie geschnappt haben. Und das werden wir ganz sicher! Steigt ein – sofort!"

Der Soldat zögerte noch ein wenig und blickte zu den Leichen der erschossenen Kameraden. Das regte Popow umso mehr auf, und deshalb musste der Major in diesem Fall deutlich zeigen, um was es hier ging. Er zog seine Pistole aus dem Holster und drückte den Lauf gegen die Stirn des Soldaten.

„Entweder du steigst jetzt ein, oder du stirbst wegen Befehlsverweigerung", sagte er mit gefährlich leiser Stimme zu ihm. „Feiglinge brauchen wir nicht in dieser Truppe, sondern Männer, die entschlossen sind, zu kämpfen. Was willst du?"

„Kämpfen!", stieß der Soldat hervor. „Ich schwöre es!"

„Sehr gut", sagte Popow, nahm die Pistole herunter und steckte sie wieder ein. „Dann weißt du ja, was du zu tun hast. Steig ein, und das gilt auch für alle anderen!"

Diesem Befehl wagte sich niemand zu widersetzen. Popow war so wütend, wie ihn Oberstleutnant Kusnetzow noch nie erlebt hatte. Er fragte sich, wohin das alles noch führen würde. Denn mit jeder Stunde entfernten sie sich immer weiter von der russischen Grenze und dem Abschnitt, für den Major Popow eigentlich zuständig war. Daran schien Popow aber nicht mehr zu denken. Der Wusch nach Rache überlagerte alles andere, und dem mussten sich Kusnetzow und die anderen Soldaten jetzt unterordnen.

Der Oberstleutnant schwieg, als er in das Militärfahrzeug einstieg und sich ans Steuer setzte. Popow nahm neben ihm Platz. Sein Platz war auf die nächtliche Straße gerichtet, die vor ihm lag. Kusnetzow startete den Motor, gab Gas, und das Militärfahrzeug fuhr los. Die anderen Fahrzeuge folgten ihm.

„Wir erwischen sie", murmelte Popow vor sich hin. „Sie werden uns nicht entkommen." Er schaute nur kurz zu Kusnetzow herüber und sah, wie der Oberstleutnant ebenfalls kurz nickte. Das bestärkte ihn in seinem Willen, die flüchtenden Spione noch einholen zu können.

Kapitel 9
Die Rettung

17. April 2022
50 Kilometer südöstlich von Dnipro
Gegen 5:00 Uhr morgens

Oberstleutnant Dmitry Kolesnik war angespannt, weil er nicht wusste, ob er seine Heimatstadt Dnipro jemals wiedersehen würde. Aber der Befehl, den man ihm und seinen Soldaten erteilt hatte, war eindeutig gewesen. In Windeseile hatte er einen Trupp von fünfzig Soldaten mobilisiert und ihnen erklärt, was ihr Auftrag war. Er hatte die überraschten Blicke seiner Männer nicht vergessen, als sie erfuhren, dass eine kleine Spezialeinheit fast bis zur russischen Grenze vorgedrungen war und dort einen Einsatz gehabt hatte. Einen Einsatz, der von der Regierung in Kiew abgesegnet worden war und demzufolge höchste Priorität hatte.

Jetzt steckte diese kleine Einheit in Schwierigkeiten, nachdem sie einen russischen Kommandanten ausgeschaltet hatten und den Rückzug antreten mussten – und er und seine Leute sollten ihnen helfen, sicher nach Dnipro zu kommen. Auch wenn das bedeutete, dass er und die ukrainischen Soldaten bei diesem Einsatz selbst ihr Leben riskierten. Vor wenigen Tagen erst war der Flughafen der Millionenstadt von russischen Raketen angegriffen und fast vollständig zerstört worden. Kein Flugzeug konnte mehr starten und landen, und die Lage der Bewohner wurde immer unsicherer, zumal die russischen Truppen auch jetzt noch Drohnenangriffe flogen und damit strategisch wichtige Punkte in der Stadt angriffen.

„Ist der Westen jetzt offiziell Kriegspartei, Leutnant?", fragte Leutnant Grigory Ivanov, der neben ihm im Wagen saß. „Das verändert doch alles, oder? Können wir jetzt endlich hoffen, dass die Russen aus unserem Land zurückgedrängt werden?"

Kolesnik zögerte mit einer Antwort, weil er selbst nicht sicher war, was das alles zu bedeuten hatte. Er war nur Oberstleutnant in der ukrainischen Armee und wusste nicht viel über die politischen Zusammenhänge und was alles hinter den Kulissen ablief oder wer die entsprechenden Entscheidungen traf. Sicher war jedoch, dass irgendjemand entschieden haben musste, dass diese Spezialeinheit hinter den feindlichen Linien operieren durfte und von der ukrainischen Regierung auch dabei unterstützt wurde.

„Darauf würde ich lieber nicht wetten, Leutnant Ivanov", sagte Kolesnik schließlich. „Wir sollten uns darüber auch nicht den Kopf zerbrechen, sondern das tun, was man uns befohlen hat."

„Es war ja nur eine Frage", antwortete Ivanov. „Letztendlich können wir ja sowieso nichts daran ändern. Ich glaube aber immer noch daran, dass wir die Russen zurückdrängen können."

„Das wünschen wir uns alle, Leutnant", sagte Kolesnik. „Aber letztendlich wird es darauf hinauslaufen, dass es einen Deal zwischen der Ukraine und Russland geben wird, und das kann nur stattfinden, wenn Gebiete abgetreten werden."

„Das kann doch keine Lösung sein!", erwiderte Ivanov. „Soll das heißen, dass die bis jetzt gefallenen Soldaten umsonst gestorben sind? Ich selbst stamme aus Mariupol und weiß immer noch nicht, ob mein Onkel und dessen Familie überhaupt noch am Leben sind. Mein Onkel arbeitet im Asow-Stahlwerk, und was wir bis jetzt gehört haben, bedeutet ..."

„Ich weiß das alles, Leutnant", fiel ihm Oberstleutnant Kolesnik ins Wort. „Es gibt kaum jemand unter den Kameraden, der nicht solche Sorgen hat. Und doch läuft es darauf hinaus, dass die Mächtigen über unsere Heimat entscheiden. Auf Einzelschicksale nimmt da niemand Rücksicht."

„Es ist einfach nur bedauerlich", fügte Ivanov hinzu. „Aber ich verstehe, was Sie mir sagen wollten."

Die nächste Viertelstunde verstrich schweigend. Jeder der beiden Männer hing seinen eigenen Gedanken nach und fragte sich wahrscheinlich, was sie erwarten würde, wenn sie mit den Männern der Spezialeinheit zusammentrafen. Man hatte Kolesnik die Daten übermittelt, wo sich die Männer und Frauen im Moment befanden, und daraus konnte er schließen, wann sie ihnen begegnen würden. Er wusste aber auch, dass dieses Team von russischen Soldaten verfolgt wurden, und somit musste er rechnen, dass es zu weiteren kriegerischen Auseinandersetzungen kommen würde.

Kolesnik hatte das Fenster geöffnet, um etwas frische Luft hereinzulassen, weil er merkte, dass sich Müdigkeit bei ihm einzustellen begann, und das durfte er auf gar keinen Fall zulassen. Das war aber auch der Moment, wo er irgendwo in der Ferne das Stakkato von mehreren aufeinanderfolgenden Schüssen hörte, die schließlich von einer kurzen, aber heftigen Explosion unterbrochen wurden. Dann fielen erneut Schüsse.

„Es hat wohl schon begonnen", sagte Kolesnik. „Hoffentlich kommen wir nicht zu spät."

*

17. April 2022
50 Kilometer südöstlich von Dnipro
Eine halbe Stunde zuvor, gegen 4:30 Uhr

David Heller verspürte auf einmal ein ungutes Gefühl, das er sich nicht erklären konnte. Aber es war da, und es verstärkte sich mit jeder weiteren Minute. Mittlerweile waren auch die restlichen Mitglieder des *Kommando ZE-RO*-Teams wieder dazugestoßen, und seitdem setzte der kleine Konvoi aus drei URAL-Militärfahrzeugen seinen Weg in Richtung Dnipro fort.

Auf den letzten 50 Kilometern durfte nach menschlichem Ermessen eigentlich nichts Schwerwiegendes mehr geschehen, weil ukrainische Militärfahrzeuge und Soldaten in diesem Bereich verstärkt Kontrollen durchführten. Aber trotzdem hatten die Russen den Flughafen bombardieren und zerstören können. Außerdem musste man auch damit rechnen, dass Drohnenangriffe erfolgen würden, denn diese Kampfmethode hatte sich in den letzten Wochen als sehr erfolgreich erwiesen. Man konnte aus der Luft gezielt wichtige strategische Punkte oder Straßenzüge auswählen und dann beschießen.

Noch während ihm das durch den Kopf ging, zuckte er plötzlich zusammen, als er im Rückspiegel in der Ferne mehrere Scheinwerfer erkannte, und was das bedeutete, das wusste er.

„Verdammt!", entfuhr es ihm. „Sie werden uns einholen, bevor wir in Dnipro sind!"

Hans de Groot hatte die Scheinwerfer in der Ferne ebenfalls bemerkt, und sein Blick wurde sehr ernst. Das verstärkte sich noch, als die Distanz zwischen den drei Militärfahrzeugen und den russischen Verfolgern zu schwinden begann.

„In Kiew weiß man Bescheid, was unsere Situation angeht", sagte de Groot, nachdem er nochmals einen Blick auf sein Laptop geworfen und dort den aktuellen Stand der Dinge überprüft hatte. „Man hat auch das Kommando in Dnipro informiert, und die haben vor einer knappen halben Stunde fünfzig Soldaten losgeschickt, die uns Geleitschutz geben sollen, wenn es hart auf hart kommt."

„Wenn das ein Trost sein soll, dann ist es nicht besonders hilfreich", konnte sich Evelyn Berg diese Bemerkung nicht verkneifen. „Wir sollten uns dieser Bedrohung stellen."

„Evelyn hat recht", ergriff nun auch Patrick Johnson das Wort. „Wir haben noch genügend Waffen, um uns zur Wehr zu setzen. Und Hans hat ja gesagt, dass Hilfe im Anmarsch ist. So lange müssen wir eben durchhalten. Was meint ihr?"

Einige Sekunden vergingen, bis Heller schließlich nickte.

„Also gut – wir müssen nur nach einer geeigneten Stelle suchen, wo wir in Deckung gehen und uns wehren können. Sowas wie da vorn zum Beispiel!" Die beiden Scheinwerfer hatten genau in dieser Sekunde eine kleine Anhöhe erfasst, die von zahlreichen Büschen und zerklüfteten Felsen gesäumt wurde. Das war eine gute Deckungsmöglichkeit, und eine bessere würden sie unter diesen Umständen jetzt nicht mehr finden.

„Ich teile es den anderen mit", sagte Evelyn und setzte über Telegram eine Nachricht an die anderen Teammitglieder ab. Es blieb keine Zeit mehr, anzuhalten und eine Krisenbesprechung abzuhalten, denn jetzt zählte jede noch verbleibende Minute, bevor die Russen hier waren.

Heller lenkte das Militärfahrzeug von der Straße und brachte es unweit der Anhöhe an einer geschützten Stelle zum Stehen. Die anderen beiden Fahrzeuge wurden nur wenige Meter entfernt abgestellt. Hauptsache war, dass man von der Straße keinen direkten Blick darauf hatte.

Hastig stiegen die Männer und Frauen aus, nahmen ihre Waffen und ausreichend Munition mit, bevor sie in Deckung gingen und dort ihre Positionen einnahmen. In der Zwischenzeit zeichneten sich am Horizont bereits die ersten rötlichen Schimmer der bald beginnenden Morgendämmerung ab. Aber bevor die Sonne aufging und die letzten Schatten der Nacht vertrieb, würden die Russen diesen Ort erreicht haben, und dann gab es nur noch eine einzige Chance: Angreifen, zuschlagen und die Gegner außer Gefecht setzen!

Leo Pieringer nahm noch die restliche Munition für die Panzerfaust 3 an sich, über die er noch verfügte. Er war fest entschlossen, den Russen die Hölle heiß zu machen. Und wer ihn kannte, der wusste auch, dass er das genauso meinte. Sein Blick war eindeutig. Er befand sich bereits im Kampfmodus und wartete nur darauf, die Waffe abzufeuern.

„Warte noch, Leo", sagte Heller zu ihm. „Du kommst deine Chance noch früh genug."

„Du kannst dir gar nicht vorstellen, wie sehr ich mich darauf freue", antwortete Pieringer mit einem grimmigen Gesichtsausdruck. „Wenn diese verdammten Hunde uns austricksen wollen, dann müssen sie aber früher aufstehen. Wir heizen denen ordentlich ein, nicht wahr, Leute?"

Die Frage galt auch den anderen Teammitgliedern, die sich an verschiedenen Stellen hinter den Büschen und Felsen postiert hatten. Jeder hielt eine Waffe in der Hand und wartete auf Hellers Zeichen, das Feuer auf die Gegner zu eröffnen. Aber der zögerte noch – auch wenn die ersten Militärfahrzeuge schon weniger als hundert Meter von der Anhöhe entfernt waren. Die Panzerfaust hätte Pieringer jetzt schon abfeuern können, aber er akzeptierte Hellers Entscheidung wartete ganz ruhig ab, was jetzt geschah.

Die russischen Fahrzeuge kamen immer näher. Heller wartete noch einige Sekunden, dann erklang sein entscheidender Befehl: „Feuer!"

Sofort feuerte Pieringer die Panzerfaust ab, und das Geschoss erwischte das erste russische Fahrzeug. Durch den Aufprall des Geschosses wurde die gesamte vordere Front mitsamt des Motors zerrissen, und Flammen breiteten sich aus. Die Soldaten, die im Führerhaus gesessen hatten, versuchten sich noch vor dem Feuer, das immer schneller um sich griff, in Sicherheit zu bringen. Aber das gelang nur einem von ihnen. Er trug eine Offiziersuniform und brachte sich mit einem Sprung aus der unmittelbaren Gefahrenzone, während der zweite Mann bereits von den Flammen erfasst wurde und jämmerlich schrie. Aber nur wenige Sekunden lang, dann verstummte sein Schrei, und die Fahrerkabine wurde ganz von Flammen eingehüllt.

Der Offizier schrie seinen Soldaten etwas zu, und die eröffneten sofort das Feuer auf Heller und seine Leute. Aber sie kannten ihre genauen Positionen nicht, und so erreichten sie lediglich, dass eine große Geräuschkulisse erzeugt und noch mehr Munition vergeudet wurde.

Pieringer feuerte das zweite Geschoss aus der Panzerfaust ab, und es schlug genau dort ein, wo vier Russen Schutz gesucht und von dort aus auf die unbekannten Gegner geschossen hatten. Das Feuer aus den Kalaschnikows verstummte in dem Augenblick, als das Geschoss aus der Panzerfaust sie traf und die Schüsse abrupt verstummen ließ.

Dann musste er allerdings selbst den Kopf ziehen und sich ducken, weil die Gegner gezielt auf die Stelle schossen, wo er sich befand. Aber seine Kameraden kamen ihm zu Hilfe, so dass die größte Gefahr erst einmal gebannt war. Aber die russischen Soldaten erwiesen sich als besonders hartnäckig, als würden sie von jemandem angetrieben, der mit allen Mitteln einen Sieg erreichen wollte. Immer wieder war eine wütende russische Stimme zu hören, die die Soldaten anfeuerte. Das war wohl der Offizier, den Heller eben gesehen hatte und der im ersten Militärfahrzeug gesessen hatte.

Am Horizont ging jetzt die Sonne auf, und die Nacht wich dem einsetzenden neuen Tag, der bereits mit Gewalt und Tod begonnen hatte – und ein Ende war noch nicht abzusehen.

Wer weiß, wie die ganze Sache ausgegangen wäre, wenn nicht plötzlich in einiger Entfernung drei weitere Fahrzeuge aufgetaucht wären. Sie kamen aus Richtung Dnipro. War das die Unterstützung, die man Heller und dem *Kommando ZERO*-Team angekündigt hatte? Einen besseren Moment hätte es wirklich nicht geben können, denn die Russen waren hartnäckig und ließen sich nicht so schnell in eine Ecke drängen. Zwei von ihnen verließen unter dem Feuerschutz ihrer Kameraden ihre Deckung und versuchten näher an Heller und seine Leute heranzukommen. Das wäre ihnen auch beinahe gelungen, aber in diesem Augenblick bewies Evelyn Berg ausreichend Kaltblütigkeit, um die beiden Gegner auszuschalten. Auch wenn sie sich in diesen entscheidenden Sekunden selbst in Gefahr brachte, weil sie sich kurz aus ihrer Deckung erhob, mussten die beiden Russen dennoch gestoppt werden – und das erledigte sie mit zwei Schüssen, die ins Ziel trafen und die Soldaten niederstreckten. Dann duckte sie sich sofort wieder und empfand das wütende Gebrüll des russischen Offiziers sogar als großes Kompliment.

In der Zwischenzeit waren die anderen Fahrzeuge nähergekommen und kamen knapp 50 Meter entfernt zum Stehen. Soldaten in ukrainischen Uniformen stiegen aus und eröffneten sofort das Feuer auf die Russen. Das war der Augenblick, auf den Heller und seine Leute gewartet hatten. Sie setzten die Beschießung fort und halfen den Ukrainern dabei, die Gegner schließlich so weit einzukesseln, dass es für sie kein Entkommen mehr gab.

Als ein weiterer Soldat durch die Schüsse der Ukrainer schließlich zusammenbrach und reglos am Boden liegenblieb, war dies das Zeichen, sich zu ergeben. Die wenigen, noch am Leben gebliebenen Soldaten warfen ihre Waffen weg, streckten beide Arme hoch zum Zeichen, dass sie den Ernst der Situation erkannt hatten und nicht sterben wollten.

Womit sie allerdings nicht gerechnet hatten, war die Reaktion des Offiziers, der hier das Kommando hatte. Er brüllte erneut einen lauten Befehl und feuerte sogar einen Schuss auf einen seiner eigenen Soldaten ab, der den Mann zum Glück nicht tödlich traf, sondern nur am rechten Bein verletzte.

Zu einem weiteren Schuss kam der Offizier nicht mehr, denn eine Kugel aus einer ukrainischen Waffe traf ihn nun selbst in die Brust und stieß ihn zurück. Er taumelte kurz, brach dann aber zusammen und blieb stöhnend am Boden liegen, wo er wenige Augenblicke später starb, bevor ihn einer der ukrainischen Soldaten erreichte.

„Nehmt die Waffen runter!", rief Heller seinen Leuten zu. „Es ist vorbei!"

Er selbst machte den Anfang und zeigte den Ukrainern dadurch seine guten Absichten. Einer der Soldaten kam auf Heller zu und sprach ihn direkt an. Aber Heller gab ihm mit einem kurzen Kopfschütteln zu verstehen, dass er nichts verstanden hatte und winkte Evelyn Berg zu sich, damit sie sich auf Russisch mit ihm verständigen konnte.

„Sein Name ist Dmitry Kolesnik", übersetzte Evelyn das, was der Ukrainer zu ihr gesagt hatte. „Er ist Oberstleutnant und hat den Befehl erhalten, uns sicher nach Dnipro zu bringen."

„Danke", sagte Heller zu Kolesnik. „Ohne Ihr Eingreifen wäre die ganze Situation für uns sehr gefährlich geworden."

Evelyn übersetzte Hellers Worte, und Kolesniks Antwort ließ nicht lange auf sich warten.

„Er sagt, dass es seine Pflicht war, uns zu helfen. Hauptsache, es ist noch einmal alles gutgegangen", sagte Evelyn, bemerkte aber, wie einer von Kolesniks Soldaten auf einmal ganz aufgeregt dem Oberstleutnant signalisierte, dass er schnell kommen solle. Kolesnik tat das und ging zu der Stelle, wo der niedergeschossene Offizier tot am Boden lag. Der Soldat hielt etwas in der Hand, was er in der Uniform des Offiziers gefunden hatte und es jetzt Kolesnik zeigen wollte. Kolesnik nahm es entgegen und warf einen kurzen Blick darauf. Dann sprach er mit einem russischen Soldaten, der immer noch beide Arme erhoben hatte und bleich im Gesicht war. Vermutlich rechnete er damit, gleich erschossen zu werden. Aber der ukrainische Oberstleutnant ließ ihn am Leben, nachdem er alles erfahren hatte, wonach er gefragt hatte. Dann kam er zurück zu Heller und seinen Leuten.

Evelyn hörte sich an, was er zu sagen hatte und übersetzte dann alles.

„Der Mann war ein Major und hieß Popow. Er war Kommandant eines Gefangenenlagers direkt hinter der russischen Grenze und zusammen mit Oberst Petrov für die Verschleppung von vielen Ukrainern verantwortlich. Ohne das vorher zu wissen, haben Oberstleutnant Kolesnik und seine Truppe dieses Problem auch gelöst."

„Was ist mit den anderen Russen?", fragte Heller.

„Man wird sie als Gefangene mit nach Dnipro nehmen und dort verhören", sagte Evelyn, nachdem sie Kolesnik gefragt und eine Antwort darauf erhalten hatte.

„Gut, dann sollten wir zusehen, dass wir von hier verschwinden", sagte Heller. „Es könnten immer noch russische Soldaten in der Nähe sein."

Evelyn sagte das zu Kolesnik, und der war damit einverstanden. Die russischen Soldaten wurden gefesselt und mussten in zwei Fahrzeuge einsteigen. Sie wurden dabei von ukrainischen Soldaten streng bewacht. Dann gingen auch Heller und sein Team zurück zu den Militärfahrzeugen, stiegen ein und waren sichtlich erleichtert darüber, dass diese Mission ein glimpfliches Ende gefunden hatte. Sie hatten weit mehr riskiert als in Afghanistan, auch wenn sie ihren Auftrag rasch erledigt hatten. Aber die anschließenden Probleme hätten auch zu einem bösen Ende führen können. Eine Erfolgshonorar war nicht alles, und deshalb dachte Heller jetzt schon darüber nach, dass er das nächste Angebot von Hasim Kodra ablehnen würde, wenn der Auftrag ihn und sein Team nochmals in die Ukraine führen würde. Dieser Krieg würde noch lange andauern!

ENDE

Band 3: „Mission Mexiko" erscheint voraussichtlich im Mai/Juni 2025

Ihre Zufriedenheit ist unser Ziel!

Liebe Leser, liebe Leserinnen,

hat Ihnen unser Buch gefallen? Haben Sie Anmerkungen für uns? Kritik? Bitte zögern Sie nicht, uns zu schreiben. Wir werden jede Nachricht persönlich lesen und zeitnah beantworten, denn unser Ziel ist es, Ihnen laufend spannende und interessante Bücher anbieten zu können.

Schreiben Sie uns: info@ek2-publishing.com

Wussten Sie schon, dass Sie uns dabei unterstützen können, historische Literatur sichtbarer zu machen? Bitte nehmen Sie sich einen Moment Zeit und bewerten Sie dieses Buch online. Viele positive Rezensionen führen dazu, dass das Buch mehr Menschen angezeigt wird, und sind gleichzeitig wertvolles Feedback für unsere Autoren.
Vielen Dank für Ihre Unterstützung!

PS: In seltenen Fällen kommt ein Buch beschädigt beim Kunden an. Bitte zögern Sie in diesem Fall nicht, uns zu kontaktieren. Selbstverständlich ersetzen wir Ihnen das Buch kostenlos.

Ihr Team von EK-2 Publishing

Verpassen Sie keine Neuerscheinung mehr!

Tragen Sie sich in den Newsletter von *EK-2 Militär* ein, um über aktuelle Angebote und Neuerscheinungen informiert zu werden und an exklusiven Leser-Aktionen teilzunehmen.

Link zum Newsletter:
https://ek2-publishing.aweb.page

Über unsere Homepage:
www.ek2-publishing.com
Klick auf *Newsletter*

Oder via Google -> EK-2 Verlag

Als besonderes Dankeschön erhalten Sie **kostenlos** das E-Book »Die Weltenkrieg Saga« von Tom Zola.

Deutsche Panzertechnik trifft außerirdischen Zorn in diesem fesselnden Action-Spektakel!

Entdecken Sie weitere packenden Militär-Thriller mit Bundeswehr-Backround!

Nach Jahren als „Contractor" in Syrien und anderen Krisengebieten, freut sich der langjährige Veteran Kris Jäger auf seine Rückkehr nach Deutschland. Da erhält er einen Anruf von seinem Kumpel Griffin, den er noch aus Bundeswehr-Zeiten kennt. Schnell wird klar: Aus Kris' Plänen, in der Heimat eine ruhige Kugel zu schieben, wird nichts.

Der ehemalige KSK-Elitesoldat Dirk Keppler hat die Bundeswehr verlassen und arbeitet nun als Mitarbeiter für die UNO. Die wilde Landschaft Afrikas fasziniert und fesselt ihn. Doch durch traurige Schicksalsschläge und grausame Ereignisse verliert der ehemalige Bundeswehrsoldat den Glauben an die humanitäre Hilfe und sieht darin keinen Sinn mehr. ,

Eine Veröffentlichung der EK-2 Publishing GmbH

Friedensstraße 12
47228 Duisburg
Registergericht: Duisburg
Handelsregisternummer: HRB 30321
Geschäftsführerin: Monika Münstermann

E-Mail: info@ek2-publishing.com
Website: www.ek2-publishing.com

Cover: Mario Heyer
Autor: Alfred Wallon
Lektorat: Heiko Piller
Buchsatz: Heiko Piller

1. Auflage, Januar 2025

Printed in Poland
by Amazon Fulfillment
Poland Sp. z o.o., Wrocław

49135214R00076